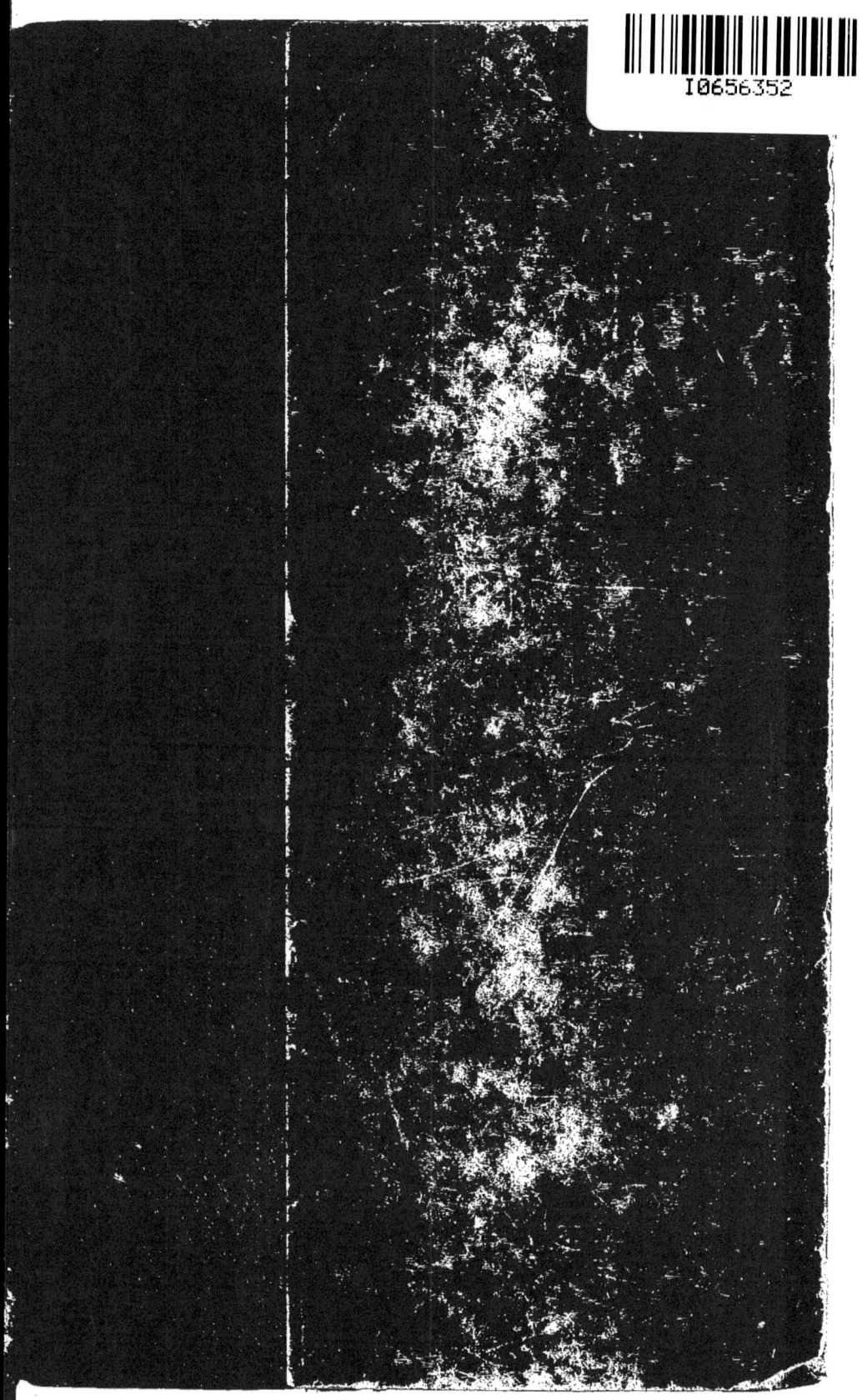

CONTES

DE

ALPHONSE DAUDET

BIBLIOTHÈQUE ARTISTIQUE

PARIS, M DCCC LXXXIII

CONTES CHOISIS

DE

ALPHONSE DAUDET

TIRAGE A PETIT NOMBRE

Plus 25 exemplaires sur papier de Chine et 25 sur papier Whatman, avec double épreuve des gravures.

Il a été fait un tirage en GRAND PAPIER, ainsi composé :

200 exemplaires sur vélin de Hollande à la forme.
20 — sur papier de Chine fort.
20 — sur papier Whatman.
10 — sur papier du Japon à la forme.

250 exemplaires.

Pour ce dernier tirage, les gravures se trouvent en double épreuve dans les exemplaires sur papier de Chine et sur papier Whatman, et en triple épreuve dans les exemplaires sur papier du Japon.

ALPHONSE DAUDET.

Imp. Charmand Imp et ce   Jouaust, Ed   A Salmon Imp

CONTES CHOISIS

DE

ALPHONSE DAUDET

AVEC

SEPT EAUX-FORTES PAR E. BURNAND

PARIS

LIBRAIRIE DES BIBLIOPHILES

Rue Saint-Honoré, 338

—

M DCCC LXXXIII

NOTE DE L'ÉDITEUR

UAND *nous avons voulu inaugurer notre* BIBLIOTHÈQUE ARTISTIQUE MODERNE *par une œuvre de M. Alphonse Daudet, notre préférence s'est portée vers ses* CONTES, *dont le charme pénétrant nous avait toujours séduit. Quelque temps auparavant, en annonçant aux amateurs la nouvelle collection que nous projetions, nous disions que, dans les choix que nous aurions à faire, nous ne nous arrêterions pas toujours sur les œuvres les plus populaires, et que parfois nous prendrions de préférence celles qui, par leur finesse et leur curiosité, nous paraîtraient devoir être agréées des délicats auxquels nous nous adressions. C'est surtout aux contes de M. Alphonse Daudet que nous pensions en nous exprimant ainsi. Sans doute ce sont ses romans qui ont le plus répandu son nom et lui ont valu le plus grand nombre de lecteurs; mais, en donnant une belle édition de ses contes, nous avons surtout en vue ces délicats dont nous parlions tout à l'heure, qui se laissent prendre volontiers aux émotions douces, et qui préfèrent le brillant tempéré de la perle au fulgurant éclat du diamant.*

Les CONTES *de M. Alphonse Daudet se diviseraient volontiers en séries; il y aurait : les contes du Midi, les contes d'Algérie et de Corse, les contes parisiens, les contes fantastiques, enfin les contes divers. Un instant nous avions pensé à leur donner ce classement; mais il nous a semblé ensuite qu'il valait mieux ne pas adopter des divisions que l'auteur n'avait pas établies lui-même. Néanmoins, en groupant les uns à côté des autres les contes entre lesquels existait une analogie, nous avons, sans faire de classification apparente, satisfait à une idée qui nous paraissait juste, et qui nous a amené aussi à faire correspondre aux divisions imaginaires que nous avions en vue les différentes gravures placées dans le volume.*

Nous ne croyons pas avoir fait fausse route en nous adressant, pour ces gravures, à M. Eugène Burnand, un artiste vrai et consciencieux, dont le talent d'observation convient merveilleusement aux petits chefs-d'œuvre de M. Alphonse Daudet. Le soin méticuleux que cet artiste apporte aux plus petits détails de ses compositions nous a paru être en harmonie parfaite avec les qualités de vérité et de précision qui sont un des grands mérites de l'auteur.

Nous ne donnons pas ici tous les contes de M. Daudet; notre choix a porté principalement sur ceux qui n'empruntent pas une partie de leur intérêt à des circonstances particulières. Aussi, à l'exception du conte des PETITS PATÉS, *un pur chef-d'œuvre que nous aurions toujours eu regret d'avoir laissé de côté, avons-nous écarté ceux qui ont rapport aux événements de la guerre et de la Commune.*

Un auteur universellement connu comme M. Alphonse Daudet n'a pas besoin de préface : aussi, dans la crainte que nous ne paraissions viser à en faire une, arrêterons-nous ici ces explications, toutes du domaine de l'éditeur, et que nous avons cru devoir donner aux bibliophiles, surtout au début de notre collection.

D. J.

. Burnand inv et sc.   Jouaust, Ed.   A. Salmon, Imp

LE PHOTOGRAPHE

(Contes de Daudet)

LE PHOTOGRAPHE

COMME ils avaient l'air d'un tout petit ménage et que leur mobilier tenait dans une charrette à bras, on leur a fait payer le loyer d'avance. Un loyer d'essuyeurs de plâtres, car ils habitent le cinquième d'une maison toute neuve, sur un de ces grands boulevards inachevés, pleins d'écriteaux, de gravats, de terrains vides entourés de planches. Il y a une odeur de peinture fraîche dans ces trois petites pièces très éclairées d'une lumière droite, qui rend plus saisissante la nudité des murs. Voici d'abord l'atelier avec son vitrage grand comme une cloche à melon, sa cheminée à la prussienne sombre et froide, et un petit feu de coke tout préparé qu'on n'allumera que s'il vient du monde. Les photographies de la famille sont accrochées au mur : le père, la mère, les trois enfants, assis, debout, enlacés, séparés, dans toutes les poses possibles ; puis quelques monuments, des vues de campagne mangées de soleil. Cela date du temps où ils étaient riches, et où le père faisait de la photographie pour s'amuser. Maintenant la ruine est arrivée, et, n'ayant pas d'autre métier sous la main, il essaye de s'en faire un avec son passe-temps du dimanche.

L'appareil, que les enfants entourent d'une admiration craintive, occupe la place d'honneur, au milieu de l'atelier, et, dans ses cuivres flambants neufs, ses gros verres bombés et clairs, semble avoir absorbé tout le luxe, toute la splendeur du pauvre petit logis. Les autres meubles sont vieux, cassés, vermoulus et si rares ! La mère a une méchante robe de soie noire, fripée, un bout de dentelle sur la tête, la tenue d'un comptoir où les chalands ne viennent guère. Le père, lui, par exemple, s'est payé une belle toque à l'artiste, une veste en velours pour impressionner le bourgeois. Sous cette défroque reluisante, avec son grand front lunaire, plein d'illusions, ses yeux étonnés et bonasses, il a l'air aussi neuf que son appareil. Et comme il s'agite, le pauvre homme ! Et comme il se prend au sérieux ! Il faut l'entendre dire aux enfants : « N'entrez pas dans la chambre noire. » La chambre noire ! on croirait l'antre d'une pythonisse... Au fond, le malheureux est très troublé. Le loyer payé, le bois, le charbon, il ne reste plus un sou en caisse. Et si les clients ne montent pas, si la vitrine d'exposition qui est en bas au coin de la porte n'accroche personne au passage, qu'est-ce que les petits mangeront ce soir ?... Enfin, à la garde de Dieu. L'installation est terminée. Il n'y a plus rien à préparer, à faire reluire. A présent tout dépend du passant.

Minutes d'attente et d'angoisse. Le père, la mère, les enfants, tout le monde est sur le balcon, à guetter. Parmi tant de gens qui circulent, il se trouvera bien un amateur, que diable !... Mais non. La foule va, vient, se croise le long du trottoir. Personne ne s'arrête. Si pourtant. Voilà un monsieur qui s'approche de la vitrine. Il regarde les portraits l'un après l'autre ; il a l'air content, il va monter. Les enfants enthousiasmés parlent déjà d'allumer le poêle. « Attendons encore », dit la mère prudemment. Et comme elle a bien fait ! Le monsieur continue sa route en flânant. Une heure, deux heures. Le jour devient moins clair. Il y a de gros nuages qui passent. Pourtant, à cette hauteur, on pourrait faire encore d'excellentes épreuves. A quoi bon, puisque personne ne vient ? A chaque instant ce sont des émotions, de fausses joies, des pas qu'on entend dans l'escalier, qui arrivent tout près de la porte, puis s'éloignent brusquement. Une fois même on a sonné. C'est quelqu'un qui demandait l'ancien locataire. Les figures s'allongent, les yeux s'emplissent de larmes. « Ce n'est pas possible, dit le père... Il faut qu'on ait décroché notre cadre... Va donc voir, petit. » Au bout d'un moment, l'enfant remonte, consterné. Le cadre est toujours à sa place, mais c'est comme s'il n'y était pas. Personne n'y fait attention.

D'ailleurs, il pleut... En effet, sur le vitrage de l'atelier, la pluie commence à tomber avec un petit bruit narquois. Le boulevard est noir de parapluies. On rentre, on ferme la fenêtre. Les enfants ont froid ; mais on n'ose pas allumer le poêle qui contient sa dernière bouchée de charbon. Consternation générale. Le père marche à grands pas, les poings crispés. Pour qu'on ne la voie pas pleurer, la mère se cache dans la chambre... Soudain un des enfants, qui a profité d'une éclaircie pour passer sur le balcon, tape vivement aux carreaux : « Papa, papa... Il y a quelqu'un en bas à l'étalage. » Il ne s'est pas trompé. C'est une dame, une dame très bien, ma foi ! Elle regarde un moment les photographies, hésite, lève la tête... Ah! si toutes les paires d'yeux braqués de là-haut sur elle avaient un brin d'aimant, comme elle grimperait l'escalier quatre à quatre!... Enfin la dame se décide. Elle entre, elle monte. La voilà. Vite, l'allumette sous le feu, les petits dans la pièce à côté. Et pendant que le père rajuste sa toque, la mère se précipite pour ouvrir, émue, souriante, avec le froufrou modeste de sa vieille robe de soie.

« Oui, Madame, c'est bien ici... » On s'empresse, on la fait asseoir. C'est une personne du Midi, un peu bavarde, mais bien complaisante, et pas avare du tout de son profil. La première épreuve est manquée. Eh bien, on la recommencera, té! pardi!... Et, sans la moindre mauvaise humeur, la dame du Midi remet son coude sur la table et son menton dans sa main. Pendant que le photographe dispose les plis de la jupe, les rubans du bonnet, on entend des rires étouffés, des poussées contre la petite porte vitrée. Ce sont les enfants qui se bousculent pour regarder leur père passant sa tête sous le drap vert de l'appareil et restant là sans bouger comme une bête de l'Apocalypse avec un gros œil transparent. Oh! quand ils seront grands, ils se feront tous photographes... Enfin voici une bonne épreuve que l'opérateur apporte en triomphe,

toute ruisselante. Dans ce blanc et ce noir la
dame se reconnaît, commande douze cartes, les
paye d'avance et sort enchantée...

Elle est partie, la porte est fermée. Vive la
joie! Les enfants délivrés dansent en rond autour
de l'appareil. Le père, très ému de sa première
opération, s'essuie le front majestueusement;
puis, comme la journée touche à sa fin, la mère
descend bien vite chercher le dîner, un bon petit
dîner d'extra en l'honneur de la crémaillère, et
aussi, — car il faut de l'ordre, — un grand registre
à dos vert sur lequel on écrit en belle ronde le
jour de la livraison, le nom de la dame du Midi
et le chiffre de l'encaisse : douze francs ! Il est
vrai de dire que grâce au pâté, au saint-honoré,
avec lesquels on a fêté la crémaillère, grâce encore à quelques petites provisions de chauffage,
de sucre, de bougies, le chiffre des dépenses est
juste égal à celui des recettes. Mais, bah ! si l'on a
fait douze francs aujourd'hui, un jour de pluie,
d'installation, jugez un peu ce qu'on fera demain.
Et la soirée se passe en projets. C'est incroyable
ce qu'il peut tenir de projets dans un petit appar-
tement de trois pièces, au cinquième, sur le devant !...

Le lendemain, un temps superbe, et personne.
Pas un client de tout le jour. Qu'est-ce que vous

voulez? C'est le commerce, cela. D'ailleurs il reste un peu de pâté, et les enfants ne se couchent pas le ventre vide. Le surlendemain rien encore. Les stations sur le balcon recommencent de plus belle, mais sans succès. La dame du Midi revient chercher sa douzaine, et c'est tout. Ce soir-là, pour avoir du pain on a été obligé d'engager un des matelas... Deux jours, trois jours, se passent ainsi. Maintenant c'est la vraie détresse. Le malheureux photographe a vendu sa toque en velours, sa vareuse; il ne lui reste plus qu'à vendre son appareil et à entrer garçon de magasin quelque part. La mère se désole, les enfants découragés ne vont même plus regarder sur le balcon. Tout à coup, un samedi matin, au moment où ils s'y attendent le moins, voilà qu'on sonne. C'est une noce, toute une noce, qui a monté les cinq étages pour se faire photographier. Le marié, la mariée, la demoiselle et le garçon d'honneur, braves gens n'ayant mis qu'une paire de gants dans leur vie et tenant à en éterniser le souvenir. Ce jour-là on fait trente-six francs. Le lendemain le double. C'est fini. La photographie est installée... Et voilà un des mille drames du petit commerce parisien.

UN TENEUR DE LIVRES

« BRR... quel brouillard !... » dit le bonhomme en mettant le pied dans la rue. Vite, il retrousse son collet, ferme son cache-nez sur sa bouche, et, la tête baissée, les mains dans ses poches de derrière, il part pour le bureau en sifflotant.

Un vrai brouillard, en effet. Dans les rues, ce n'est rien encore ; au cœur des grandes villes le brouillard ne tient pas plus que la neige. Les toits le déchirent, les murs l'absorbent ; il se perd dans les maisons à mesure qu'on les ouvre, fait les escaliers glissants, les rampes humides. Le mouvement des voitures, le va-et-vient des passants, ces passants du matin, si pressés et si pauvres, le hache, l'emporte, le disperse. Il s'accroche aux vêtements de bureau étriqués et minces, aux waterproofs

des fillettes de magasin, aux petits voiles flasques,
aux grands cartons de toile cirée. Mais sur les
quais encore déserts, sur les ponts, la berge, la
rivière, c'est une brume lourde, opaque, immobile, où le soleil monte, là-haut, derrière Notre-
Dame, avec des lueurs de veilleuse dans un verre
dépoli.

Malgré le vent, malgré la brume, l'homme en
question suit les quais, toujours les quais, pour
aller à son bureau. Il pourrait prendre un autre
chemin, mais la rivière paraît avoir un attrait mystérieux pour lui. C'est son plaisir de s'en aller le
long des parapets, de frôler ces rampes de pierre
usées aux coudes des flâneurs. A cette heure, et par
le temps qu'il fait, les flâneurs sont rares. Pourtant, de loin en loin, on rencontre une femme
chargée de linge qui se repose contre le parapet,
ou quelque pauvre diable accoudé, penché vers
l'eau d'un air d'ennui. Chaque fois l'homme se
retourne, les regarde curieusement et l'eau après
eux, comme si une pensée intime mêlait dans son
esprit ces gens à la rivière.

Elle n'est pas gaie, ce matin, la rivière. Ce
brouillard qui monte entre les vagues semble l'a-
lourdir. Les toits sombres des rives, tous ces tuyaux
de cheminée inégaux et penchés qui se reflètent,
se croisent et fument au milieu de l'eau, font

2

penser à je ne sais quelle lugubre usine qui, du
fond de la Seine, enverrait à Paris toute sa fumée
en brouillard. Notre homme, lui, n'a pas l'air de
trouver cela si triste. L'humidité le pénètre de
partout, ses vêtements n'ont pas un fil de sec ;
mais il s'en va tout de même en sifflotant avec un
sourire heureux au coin des lèvres. Il y a si longtemps qu'il est fait aux brumes de la Seine ! Puis
il sait que là-bas, en arrivant, il va trouver une
bonne chancelière bien fourrée, son poêle qui
ronfle en l'attendant, et la petite plaque chaude
où il fait son déjeuner tous les matins. Ce sont là
de ces bonheurs d'employé, de ces joies de prison
que connaissent seulement ces pauvres êtres rapetissés dont toute la vie tient dans une encoignure.

« Il ne faut pas que j'oublie d'acheter des
pommes », se dit-il de temps en temps, et il
siffle, et il se dépêche. Vous n'avez jamais vu
quelqu'un aller à son travail aussi gaiement.

Les quais, toujours les quais, puis un pont.
Maintenant le voilà derrière Notre-Dame. A
cette pointe de l'île, le brouillard est plus intense
que jamais. Il vient de trois côtés à la fois, noie
à moitié les hautes tours, s'amasse à l'angle du
pont, comme s'il voulait cacher quelque chose.
L'homme s'arrête ; c'est là.

On distingue confusément des ombres sinistres,

des gens accroupis sur le trottoir qui ont l'air
d'attendre, et, comme aux grilles des hospices et
des squares, des éventaires étalés, avec des rangées
de biscuits, d'oranges, de pommes. Oh! les belles
pommes si fraîches, si rouges sous la buée... Il en
remplit ses poches, en souriant à la marchande
qui grelotte, les pieds sur sa chaufferette ; ensuite
il pousse une porte dans le brouillard, traverse
une petite cour où stationne une charrette attelée.

« Est-ce qu'il y a quelque chose pour nous? »
demande-t-il en passant. Un charretier, tout ruisselant, lui répond :

« Oui, Monsieur, et même quelque chose de
gentil. »

Alors il entre vite dans son bureau.

C'est là qu'il fait chaud et qu'on est bien. Le
poêle ronfle dans un coin. La chancelière est à
sa place. Son petit fauteuil l'attend, bien au jour,
près de la fenêtre. Le brouillard en rideau sur les
vitres fait une lumière unie et douce, et les grands
livres à dos vert s'alignent correctement sur leurs
casiers. Un vrai cabinet de notaire.

L'homme respire ; il est chez lui.

Avant de se mettre à l'ouvrage, il ouvre une
grande armoire, en tire des manches de lustrine
qu'il passe soigneusement, un petit plat de terre
rouge, des morceaux de sucre qui viennent du

café, et il commence à peler ses pommes, en regardant autour de lui avec satisfaction. Le fait est
qu'on ne peut pas trouver un bureau plus gai,
plus clair, mieux en ordre. Ce qu'il y a de singulier, par exemple, c'est ce bruit d'eau qu'on entend de partout, qui vous entoure, vous enveloppe, comme si l'on était dans une chambre de
bateau. En bas la Seine se heurte en grondant aux
arches du pont, déchire son flot d'écume à cette
pointe d'île toujours encombrée de planches,
de pilotis, d'épaves. Dans la maison même, tout
autour du bureau, c'est un ruissellement d'eau
jetée à pleines cruches, le fracas d'un grand la-
vage. Je ne sais pas pourquoi cette eau vous glace
rien qu'à l'entendre. On sent qu'elle claque sur
un sol dur, qu'elle rebondit sur de larges dalles,
des tables de marbre qui la font paraître encore
plus froide.

Qu'est-ce qu'ils ont donc tant à laver dans cette
étrange maison? quelle tache ineffaçable?

Par moments, quand ce ruissellement s'arrête,
là-bas, au fond, ce sont des gouttes qui tombent
une à une, comme après un dégel ou une grande
pluie. On dirait que le brouillard, amassé sur les
toits, sur les murs, se fond à la chaleur du poêle
et dégoutte continuellement.

L'homme n'y prend pas garde. Il est tout entier

à ses pommes qui commencent à chanter dans le
plat rouge avec un petit parfum de caramel, et
cette jolie chanson l'empêche d'entendre le bruit
d'eau, le sinistre bruit d'eau.

« Quand vous voudrez, greffier !... » dit une
voix enrouée dans la pièce du fond. Il jette un
regard sur ses pommes, et s'en va bien à regret. Où va-t-il ? Par la porte entr'ouverte une
minute, il vient un air fade et froid qui sent les
roseaux, le marécage, et comme une vision de
hardes en train de sécher sur des cordes, des
blouses fanées, des bourgerons, une robe d'indienne pendue tout de son long par les manches,
et qui s'égoutte, qui s'égoutte.

C'est fini. Le voilà qui rentre. Il dépose sur sa
table de menus objets tout trempés d'eau, et revient frileusement vers le poêle dégourdir ses
mains rouges de froid.

« Il faut être enragé vraiment, par ce temps-
là..., se dit-il en frissonnant ; qu'est-ce qu'elles
ont donc toutes ? »

Et comme il est bien réchauffé et que son sucre
commence à faire la perle aux bords du plat, il se
met à déjeuner sur un coin de son bureau. Tout
en mangeant, il a ouvert un de ses registres, et
le feuillette avec complaisance. Il est si bien tenu
ce grand livre ! Des lignes droites, des en-têtes à

l'encre bleue, des petits reflets de poudre d'or,
des buvards à chaque page, un soin, un ordre...

Il paraît que les affaires vont bien. Le brave
homme a l'air satisfait d'un comptable en face
d'un bon inventaire de fin d'année. Pendant qu'il
se délecte à tourner les pages de son livre, les
portes s'ouvrent dans la salle à côté, les pas d'une
foule sonnent sur les dalles ; on parle à demi-voix
comme dans une église.

« Oh ! qu'elle est jeune !... Quel dommage !... »
Et l'on se pousse, et l'on chuchote...

Qu'est-ce que cela peut lui faire, à lui, qu'elle
soit jeune ? Tranquillement, en achevant ses
pommes, il attire devant lui les objets qu'il a ap-
portés tout à l'heure. Un dé plein de sable, un
porte-monnaie avec un sou dedans, de petits ciseaux rouillés, si rouillés qu'on ne pourra plus
jamais s'en servir, — oh ! plus jamais ; — un livret
d'ouvrière dont les pages sont collées entre elles ;
une lettre en loques, effacée, où l'on peut lire
quelques mots : « *L'enfant... pas d'arg... mois de
nourrice...* »

Le teneur de livres hausse les épaules avec l'air
de dire :

« Je connais ça... »

Puis il prend sa plume, souffle soigneusement
les mies de pain tombées sur son grand livre, fait

un geste pour bien poser sa main, et de sa plus belle ronde il écrit le nom qu'il vient de déchiffrer sur le livret mouillé :

Félicie Rameau, brunisseuse, dix-sept ans.

LE SINGE

SAMEDI, soir de paye. Dans cette fin de journée, qui est en même temps une fin de semaine, on sent déjà le dimanche arriver. Tout le long du faubourg, ce sont des cris, des appels, des poussées à la porte des cabarets. Parmi cette foule d'ouvriers qui déborde du trottoir et suit la grande chaussée en pente, une petite ombre se hâte furtivement, remontant le faubourg en sens inverse. Serrée dans un châle trop mince, sa petite figure hâve encadrée d'un bonnet trop grand, elle a l'air honteux, misérable, et si inquiet ! Où va-t-elle ? Qu'est-ce qu'elle cherche ?... Dans sa démarche pressée, dans son regard fixe qui semble la faire aller plus vite encore, il y a cette phrase anxieuse : « Pourvu que j'arrive à temps ! » Sur sa route on se retourne, on ricane. Tous ces ouvriers la connaissent, et, en passant, accueillent sa laideur d'un affreux surnom : « Tiens, le singe... Le singe à Valentin qui va chercher son homme. » Et ils l'excitent : « Kss... kss... Trouvera... trouvera pas... » Sans rien entendre, elle va, elle va, oppressée, haletante, car cette rue qui mène aux barrières est bien dure à monter.

Enfin la voilà arrivée. C'est tout en haut du faubourg, au coin des boulevards extérieurs. Une grande usine... On est en train de fermer les portes. La vapeur des machines, abandonnée au ruisseau, siffle et s'échappe avec un bruit de locomotive à l'arrêt. Un peu de fumée monte encore des hautes cheminées, et l'atmosphère chaude qui flotte au-dessus des bâtiments déserts semble la respiration, l'haleine même du travail qui vient de finir. Tout est éteint. Une seule petite lumière brille encore au rez-de-chaussée, derrière un grillage ; c'est la lampe du caissier. Voici qu'elle disparaît, juste au moment où la femme arrive. Allons ! c'est trop tard ! La paye est finie... Comment va-t-elle faire maintenant ? Où le trouver pour lui arracher sa semaine, l'empêcher de la boire ?... On a tant besoin d'argent à la maison ! Les enfants n'ont plus de bas. Le boulanger n'est pas payé... Elle reste affaissée sur une borne, regardant vague-

ment dans la nuit, n'ayant plus la force de
bouger.

Les cabarets du faubourg débordent de bruit
et de lumière. Toute la vie des fabriques silencieuses s'est répandue dans les bouges. A travers
les vitres troubles où les bouteilles rangées mêlent leurs couleurs fausses, le vert vénéneux des
absinthes, le rose des bitters, les paillettes d'or
des eaux-de-vie de Dantzig, des cris, des chants,
des chocs de verres, viennent jusque dans la rue
avec le tintement de l'argent jeté au comptoir
par des mains noires encore de l'avoir gagné. Les
bras lassés s'accoudent sur les tables, immobilisés
par l'abrutissement de la fatigue; et, dans la chaleur malsaine de l'endroit, tous ces misérables
oublient qu'il n'y a pas de feu au logis, et que les
femmes et les enfants ont froid.

Devant ces fenêtres basses, seules allumées
dans les rues désertes, une petite ombre passe et
repasse craintivement... Cherche, cherche, pauvre
singe!... Elle va d'un cabaret à l'autre, se
penche, essuie un coin de vitre avec son châle,
regarde, puis repart, toujours inquiète, fiévreuse.
Tout à coup elle tressaille. Son Valentin est là,
en face d'elle. Un grand diable bien découplé dans
sa blouse blanche, fier de ses cheveux frisés et de

sa tournure d'ouvrier beau garçon. On l'entoure,
on l'écoute. Il parle si bien, et puis c'est lui qui
paye !... Pendant ce temps le pauvre singe est là
dehors qui grelotte, collant sa figure aux carreaux
où dans un grand rayon de gaz la table de son
ivrogne se reflète, chargée de bouteilles et de
verres, avec les faces égayées qui l'entourent.

Dans la vitre, la femme a l'air d'être assise au
milieu d'eux, comme un reproche, un remords
vivant. Mais Valentin ne la voit pas. Pris, perdu
dans ces interminables discussions de cabaret,
renouvelées à chaque verre et pernicieuses pour
la raison presque autant que ces vins frelatés, il
ne voit pas cette petite mine tirée, pâle, qui lui
fait signe derrière les carreaux, ces yeux tristes
qui cherchent les siens. Elle, de son côté, n'ose pas
entrer. Venir le chercher là devant les camarades,
ce serait lui faire affront. Encore si elle était jolie,
mais elle est si laide !

Ah ! comme elle était fraîche et gentille quand
ils se sont connus, il y a dix ans ! Tous les matins, lorsqu'il partait à son travail, il la rencontrait allant au sien, pauvre, mais parant honnête-
ment sa misère, coquette à la façon de cet étrange
Paris où l'on vend des rubans et des fleurs sous
les voûtes noires des portes cochères. Ils se sont

aimés tout de suite en croisant leurs regards ;
mais, comme ils n'avaient pas d'argent, il leur a
fallu attendre bien longtemps avant de se marier.
Enfin la mère du garçon a donné un matelas de
son lit, la mère de la fille en a fait autant ; et
puis, comme la petite était très aimée, il y a eu
une collecte à l'atelier, et leur ménage s'est trouvé
monté.

La robe de noce prêtée par une amie, le voile
loué chez un coiffeur, ils sont partis, un matin, à
pied, par les rues, pour se marier. A l'église il
fallut attendre la fin des messes d'enterrement,
attendre aussi à la mairie pour laisser passer les
mariages riches. Alors il l'a emmenée en haut du
faubourg, dans une chambre carrelée et triste, au
fond d'un long couloir plein d'autres chambres
bruyantes, sales, querelleuses. C'était à dégoûter
d'avance du ménage ! Aussi leur bonheur n'a pas
duré longtemps. A force de vivre avec des ivro-
gnes, lui s'est mis à boire comme eux. Elle, en
voyant pleurer les femmes, a perdu tout son courage ; et, pendant qu'il était au cabaret, elle passait tout son temps chez les voisines, apathique,
humiliée, berçant d'interminables plaintes l'enfant
qu'elle tenait sur ses bras. C'est comme cela qu'elle
est devenue si laide, et que cet affreux surnom de
« singe » lui a été donné dans les ateliers.

La petite ombre est toujours là, qui va et vient devant les vitres. On l'entend marcher lentement dans la boue du trottoir, et tousser d'une grosse toux creuse, car la soirée est pluvieuse et froide. Combien de temps va-t-elle attendre? Deux ou trois fois déjà elle a posé la main sur le bouton de la porte, mais sans oser jamais ouvrir. A la fin, pourtant, l'idée que les enfants n'ont rien pour manger lui tient lieu de courage. Elle entre. Mais, à peine le seuil franchi, un immense éclat de rire l'arrête court. « Valentin, v'là le singe...! » Elle est bien laide, en effet, avec ses loques qui ruissellent de pluie, toutes les pâleurs de l'attente et de la fatigue sur les joues.

« Valentin, v'là le singe! » Tremblante, interdite, la pauvre femme reste sans bouger. Lui, s'est levé, furieux. Comment! elle a osé venir le chercher là, l'humilier devant les camarades?... Attends, attends,... tu vas voir!... Et terrible, le poing fermé, Valentin s'élance. La malheureuse se sauve en courant, au milieu des huées. Il franchit la porte derrière elle, fait deux bonds et la rattrape au tournant de la rue... Tout est noir, personne ne passe. Ah! pauvre singe!...

Eh bien! non. Loin des camarades, l'ouvrier parisien n'est pas méchant. Une fois en face d'elle, le voilà faible, soumis, presque repentant.

Maintenant ils s'en vont tous deux bras dessus, bras dessous, et, pendant qu'ils s'éloignent, c'est la voix de la femme qu'on entend s'élever dans la nuit, furieuse, plaintive, enrouée de larmes. Le singe prend sa revanche.

ARTHUR

Iʟ y a quelques années, j'habitais un petit pavillon aux Champs-Élysées, dans le passage des Douze-Maisons. Figurez-vous un coin de faubourg perdu, niché au milieu de ces grandes avenues aristocratiques, si froides, si tranquilles, qu'il semble qu'on n'y passe qu'en voiture. Je ne sais quel caprice de propriétaire, quelle manie d'avare ou de vieux laissait traîner ainsi au cœur de ce beau quartier ces terrains vagues, ces petits jardins moisis, ces maisons basses, bâties de travers, avec l'escalier en dehors et des terrasses de bois pleines de linge étendu, de cages à lapins, de chats maigres, de corbeaux apprivoisés. Il y avait là des ménages d'ouvriers, de petits rentiers, quelques artistes, — on en trouve partout où il reste des arbres, — et enfin deux ou trois garnis d'aspect sordide,

comme encrassés par des générations de misères.
Tout autour, la splendeur et le bruit des Champs-
Élysées, un roulement continu, un cliquetis de
harnais et de pas fringants, les portes cochères
lourdement refermées, les calèches ébranlant les
porches, des pianos étouffés, les violons de Ma-
bille, un horizon de grands hôtels muets, aux
angles arrondis, avec leurs vitres nuancées par
des rideaux de soie claire et leurs hautes glaces
sans tain, où montent les dorures des candélabres
et les fleurs rares des jardinières...

Cette ruelle noire des Douze-Maisons, éclairée
seulement d'un réverbère au bout, était comme
la coulisse du beau décor environnant. Tout ce
qu'il y avait de paillons dans ce luxe venait se
réfugier là, galons de livrée, maillots de clowns,
toute une bohème de palefreniers anglais, d'é-
cuyers du Cirque, les deux petits postillons de
l'Hippodrome avec leurs poneys jumeaux et leurs
affiches-réclames, la voiture aux chèvres, les gui-
gnols, les marchandes d'oublies, et puis des tribus
d'aveugles qui revenaient le soir, chargés de
pliants, d'accordéons, de sébiles. Un de ces
aveugles se maria pendant que j'habitais le passage. Cela nous valut toute la nuit un concert
fantastique de clarinettes, de hautbois, d'orgues,
d'accordéons, où l'on voyait très bien défiler tous

les ponts de Paris avec leurs psalmodies différentes... A l'ordinaire cependant, le passage était
assez tranquille. Ces errants de la rue ne rentraient qu'à la brune, et si las ! Il n'y avait de
tapage que le samedi, lorsque Arthur touchait sa
paye.

C'était mon voisin, cet Arthur. Un petit mur
allongé d'un treillage séparait seul mon pavillon
du garni qu'il habitait avec sa femme. Aussi, bien
malgré moi, sa vie se trouvait-elle mêlée à la
mienne, et tous les samedis j'entendais sans en
rien perdre l'horrible drame si parisien qui se
jouait dans ce ménage d'ouvriers. Cela commençait toujours de la même façon. La femme préparait le dîner ; les enfants tournaient autour d'elle.
Elle leur parlait doucement, s'affairait. Sept
heures, huit heures : personne... A mesure que le
temps se passait, sa voix changeait, roulait des larmes, devenait nerveuse. Les enfants avaient faim,
sommeil, commençaient à grogner. L'homme
n'arrivait toujours pas. On mangeait sans lui.
Puis, la marmaille couchée, le poulailler endormi,
elle venait sur le balcon de bois, et je l'entendais
dire tout bas en sanglotant :

« Oh ! la canaille ! la canaille ! »

Des voisins qui rentraient la trouvaient là. On
la plaignait.

« Allez donc vous coucher, Madame Arthur.
Vous savez bien qu'il ne rentrera pas, puisque
c'est son jour de paye. »

Et des conseils, des commérages.

« A votre place, voilà comme je ferais... Pourquoi ne le dites-vous pas à son patron ? »

Tout cet apitoiement la faisait pleurer davantage ; mais elle persistait dans son espoir, dans
son attente, s'y énervait, et, les portes fermées, le
passage muet, se croyant bien seule, restait ac-
coudée là, ramassée toute dans une idée fixe, se
racontant à elle-même et très haut ses tristesses
avec ce laisser-aller du peuple qui a toujours une
moitié de sa vie dans la rue. C'étaient des loyers
en retard, les fournisseurs qui la tourmentaient,
le boulanger qui refusait le pain... Comment
ferait-elle, s'il rentrait encore sans argent ? A la
fin, la lassitude la prenait de guetter les pas attardés, de compter les heures. Elle rentrait ; mais
longtemps après, quand je croyais tout fini, on
toussait près de moi sur la galerie. Elle était encore là, la malheureuse, ramenée par l'inquiétude,
se tuant les yeux à regarder dans cette ruelle noire,
et n'y voyant que sa détresse.

Vers une heure, deux heures, quelquefois plus
tard, on chantait au bout du passage. C'était Arthur qui rentrait. Le plus souvent, il se faisait ac-

compagner, traînait un camarade jusqu'à sa porte :
« Viens donc,... viens donc... » Et même là, il
flânait encore, ne pouvait se décider à rentrer,
sachant bien ce qui l'attendait chez lui... En
montant l'escalier, le silence de la maison endormie qui lui renvoyait son pas lourd le gênait
comme un remords. Il parlait seul, tout haut,
s'arrêtant devant chaque taudis : « Bonsoir, ma'me
Weber... Bonsoir, ma'me Mathieu. » Et, si on
ne lui répondait pas, c'était une bordée d'injures,
jusqu'au moment où toutes les portes, toutes
les fenêtres, s'ouvraient pour lui renvoyer ses
malédictions. C'est ce qu'il demandait. Son vin
aimait le train, les querelles. Et puis, comme cela,
il s'échauffait, arrivait en colère, et sa rentrée lui
faisait moins peur.

Elle était terrible, cette rentrée...

« Ouvre, c'est moi... »

J'entendais les pieds nus de la femme sur le
carreau, le frottement des allumettes, et l'homme
qui, dès en rentrant, essayait de bégayer une histoire, toujours la même : les camarades, l'en-
traînement... Chose, tu sais bien... Chose qui
travaille au chemin de fer. La femme ne l'écoutait
pas.

« Et l'argent ?

— J'en ai plus, disait la voix d'Arthur.

— Tu mens !... »

Il mentait en effet. Même dans l'entraine-
ment du vin, il réservait toujours quelques sous,
pensant d'avance à sa soif du lundi ; et c'est ce
restant de paye qu'elle essayait de lui arracher.
Arthur se débattait.

« Puisque je te dis que j'ai tout bu ! » criait-il.
Sans répondre, elle s'accrochait à lui de toute son
indignation, de tous ses nerfs, le secouait, le
fouillait, retournait ses poches. Au bout d'un
moment, j'entendais l'argent qui roulait par terre,
la femme se jetant dessus avec un rire de triomphe.

« Ah! tu vois bien. »

Puis un juron, des coups sourds,... c'était
l'ivrogne qui se vengeait. Une fois en train de
battre, il ne s'arrêtait plus. Tout ce qu'il y a de
mauvais, de destructeur dans ces affreux vins de
barrière lui montait au cerveau, et il voulait sortir.
La femme hurlait, les derniers meubles du bouge
volaient en éclats, les enfants, réveillés en sursaut,
pleuraient de peur. Dans le passage, les fenêtres
s'ouvraient. On disait :

« C'est Arthur ! c'est Arthur !... »

Quelquefois aussi le beau-père, un vieux chif-
fonnier qui logeait dans le garni voisin, venait au
secours de sa fille ; mais Arthur s'enfermait à clef
pour ne pas être dérangé dans son opération.

Alors, à travers la serrure, un dialogue effrayant s'engageait entre le beau-père et le gendre, et nous en apprenions de belles.

« T'en as donc pas assez de tes deux ans de prison, bandit ? » criait le vieux. Et l'ivrogne, d'un ton superbe :

« Eh bien, oui, j'ai fait deux ans de prison... Et puis après ?... Au moins, moi, j'ai payé ma dette à la société... Tâche donc de payer la tienne... »

Cela lui paraissait tout simple : j'ai volé ; vous m'avez mis en prison, nous sommes quittes... Mais tout de même, si le vieux insistait trop là-dessus, Arthur impatienté ouvrait sa porte, tombait sur le beau-père, la belle-mère, les voisins, et rossait tout le monde, comme Polichinelle.

Ce n'était pourtant pas un méchant homme. Bien souvent le dimanche, au lendemain d'une de ces tueries, l'ivrogne apaisé, sans le sou pour aller boire, passait la journée chez lui. On sortait les chaises des chambres. On s'installait sur le balcon, ma'me Weber, ma'me Mathieu, tout le garni, et l'on causait. Arthur faisait l'aimable, le bel esprit ; vous auriez dit un de ces ouvriers modèles qui suivent les cours du soir. Il prenait pour parler une voix blanche, doucereuse, déclamait des bouts d'idées ramassées un peu partout, sur les droits de l'ouvrier, la tyrannie du capital. Sa pauvre femme, attendrie par les coups de la veille, le regardait avec admiration, et ce n'était pas la seule.

« Cet Arthur pourtant, s'il voulait ! » murmurait ma'me Weber en soupirant. Ensuite ces dames le faisaient chanter... Il chantait *les Hirondelles*, de M. de *Bélanger*... Oh ! cette voix de gorge, pleine de fausses larmes, le sentimentalisme bête de l'ouvrier !... Sous la véranda moisie, en papier goudronné, les guenilles étendues laissaient passer un coin du ciel bleu entre les cordes, et toute cette crapule, affamée d'idéal à sa manière, tournait là-haut ses yeux mouillés.

Tout cela n'empêchait pas que, le samedi suivant, Arthur mangeait sa paye, battait sa femme, et qu'il y avait là, dans ce bouge, un tas d'autres petits Arthurs, n'attendant que d'avoir l'âge de leur père pour manger leur paye, battre leurs femmes... Et c'est cette race-là qui voudrait gouverner le monde !... Ah ! maladie ! comme disaient mes voisins du passage.

LE PÈRE ACHILLE

IDI sonne aux cloches des fabriques ; les grandes cours silencieuses s'emplissent de bruit et de mouvement.

La mère Achille quitte son ouvrage, la fenêtre où elle était assise, et se dispose à mettre son couvert. L'homme va monter pour déjeuner. Il travaille là tout près, dans ces grands ateliers vitrés qu'on aperçoit encombrés de pièces de bois, et où grincent du matin au soir les instruments des scieurs de long... La femme va et vient de la chambre à la cuisine. Tout est soigné, tout reluit dans cet intérieur d'ouvrier. Seulement la nudité des deux petites pièces est plus frappante à ce jour éclatant du cinquième étage. On voit des cimes d'arbres, les buttes Chaumont tout en haut, et çà et là de longues cheminées de briques noircies au bord, toujours actives. Les meubles

sont cirés, frottés. Ils datent du mariage, comme
ces deux bouquets de fruits en verre qui ornent
la cheminée. On n'a rien acheté depuis, parce que,
pendant que la femme tirait courageusement son
aiguille, l'homme dépensait ses journées dehors.
Tout ce qu'elle a pu faire, ç'a été de soigner,
d'entretenir le peu qu'ils avaient.

Pauvre mère Achille ! encore une qui en a eu des
tristesses dans son ménage. Les premières années
surtout ont été bien dures. Un mari coureur,
ivrogne, pas d'enfants, obligée par son métier de
couturière à vivre toujours enfermée, toujours
seule dans le silence et l'ordre monotone d'une
maison sans enfants où il n'y a pas de petites
mains pour brouiller les pelotons, ni de ces petits
pieds qui font tant de poussière et de joli train.
C'est cela surtout qui l'ennuyait ; mais, comme
elle était très courageuse, elle s'est consolée en
travaillant. Peu à peu le mouvement régulier de
l'aiguille a calmé son chagrin, et l'intime contentement du travail fini, d'une minute de repos
au bout d'une journée de peine, lui a tenu lieu de
bonheur. D'ailleurs, en vieillissant, le père Achille
a bien changé. Il boit tout de même toujours plus
que sa soif ; mais après il se reprend mieux à son
travail. On sent qu'il commence à la craindre un
peu, cette brave femme qui a pour lui des ten-

dresses et des sévérités de mère. Quand il est ivre,
il ne la bat plus jamais ; et même de temps en
temps, honteux de lui avoir fait une jeunesse si
triste, il l'emmène promener le dimanche aux
Lilas ou à Saint-Mandé.

Le couvert est mis, la chambre en ordre. On
frappe. « Entre donc !... La clef est sur la porte. »
On entre, mais ce n'est pas lui. C'est un grand
beau garçon d'une vingtaine d'années, en bour-
geron d'ouvrier. La mère Achille ne l'a jamais
vu ; pourtant il y a pour elle dans l'expression de
ce jeune et franc visage quelque chose d'intime-
ment connu et qui la trouble. « Qu'est-ce que
vous demandez ?

— Le père Achille n'est pas là ?   .

— Non, mon garçon, mais il va rentrer bientôt. Si vous avez quelque chose à lui dire, vous
pouvez l'attendre. »

Elle avance une chaise ; puis, comme il lui est
impossible de rester inactive, elle se remet à
coudre dans l'embrasure de la croisée. Celui qui
vient d'entrer regarde curieusement tout autour
de la chambre. Il voit une photographie au mur,
s'approche et l'examine avec attention. « C'est
le père Achille, ça ?... »

La femme est très étonnée. « Vous ne le con-
naissez donc pas ?

— Non, mais ce n'est pas l'envie qui m'en manque.

— Mais, enfin, qu'est-ce que vous lui voulez? Est-ce pour de l'argent que vous venez? Il me semblait pourtant qu'il ne devait plus rien à personne, nous avons tout payé.

— Non, non, il ne me doit rien. C'est même assez singulier qu'il ne me doive rien, puisque c'est mon père.

— Votre père? »

Elle se lève toute pâle, son ouvrage lui glisse des mains.

« Oh! vous savez, Madame Achille, ce n'est pas pour vous faire affront, ce que je vous dis là... Je suis d'avant votre mariage. C'est moi le fils de Sidonie; vous avez peut-être entendu parler de ma mère? »

En effet, elle connaît ce nom. Dans le commencement du ménage, ça l'a même rendue bien malheureuse. On lui disait que cette Sidonie, une ancienne de son mari, était une très jolie fille et qu'à eux deux ils faisaient le plus joli couple du pays. Ces choses-là sont toujours dures à entendre.

Le garçon continue :

« Ma mère est une brave femme, allez! D'abord, on m'avait mis aux Enfants-Trouvés; mais,

à dix ans, elle m'a repris. Elle a travaillé ferme
pour m'élever, me faire apprendre un état...
Ah! je n'ai rien à lui reprocher, à elle! Mon père,
lui, c'est autre chose; mais je ne suis pas venu
pour cela... Je suis venu seulement pour le voir,
pour le connaître. C'est vrai, ça m'a toujours ta-
quiné, cette idée de ne pas connaître mon père.
Tout petit, ça me tourmentait déjà, et j'ai bien
souvent fait pleurer ma mère avec mes questions :
« Je n'ai donc pas de père, moi ? où est-il ? Qu'est-
« ce qu'il fait ? » Enfin un jour elle m'a avoué la
vérité, et tout de suite je me suis dit : « Il est à
« Paris, eh bien! j'irai le voir!... » Elle voulait m'en
empêcher : « Puisque je te dis qu'il est marié, que
« tu ne lui es plus rien, qu'il ne s'est jamais informé
« de toi... « Ça n'a rien fait. Je voulais le connaître
à toute force, et, ma foi! en arrivant à Paris, j'avais
son adresse, et je suis venu tout droit... Il ne faut
pas m'en vouloir, c'était plus fort que moi... »

Oh! non, elle ne lui en veut pas! Mais au fond
du cœur elle est jalouse. Elle pense en le regardant qu'il y a de bien mauvaises chances dans la
vie; qu'il aurait dû être pour elle, cet enfant-là.
Comme elle l'aurait bien soigné, bien élevé!...
C'est qu'en vérité, c'est tout le portrait d'Achille;
seulement il a en plus un air d'effronterie, et elle
ne peut pas s'empêcher de penser que son fils à

elle, ce fils tant désiré, aurait eu quelque chose
de plus posé, de plus honnête dans le regard et
dans la voix.

La situation est un peu embarrassante. Ils se
taisent tous les deux, chacun songe de son côté.
Tout à coup on entend des pas dans l'escalier.
C'est le père. Il entre, long, voûté, avec la démarche traînante de l'ouvrier qui a passé beaucoup de lundis à flâner par les rues.

« Tiens, Achille, dit la femme, voilà quelqu'un
qui veut te parler », et elle s'en va dans la pièce
à côté, laissant son mari et le fils de la belle
Sidonie en face l'un de l'autre. Au premier mot,
Achille change de figure ; l'enfant le rassure.
« Oh ! vous savez, je ne vous demande rien ; je
n'ai besoin de personne pour vivre ; je suis seulement venu vous voir, pas plus. »

Le père balbutie : « Sans doute, sans doute...
Tu as... Vous avez très bien fait, mon garçon. »

C'est égal, cette paternité subite le gêne un
peu, surtout devant sa femme. Il regarde du côté
de la cuisine, et baissant la voix : « Tenez, des-
cendons, il y a un marchand de vin en bas, nous
serons mieux pour causer... Attends-moi, la mère,
je reviens. »

Ils descendent, s'attablent devant un litre, et
on cause.

« Qu'est-ce que vous faites ? demande le père,
moi je suis dans la charpente. »

Le fils répond : « Moi dans la menuiserie.

— Est-ce que ça va bien, chez vous, les affaires ?

— Non, pas fort. »

Et la conversation continue sur ce ton. Quelques détails de métier, c'est par là seulement qu'ils
se tiennent. Du reste, pas la moindre émotion de
se voir. Rien à se dire, rien. Pas un souvenir
commun, deux vies complètement séparées qui
n'ont jamais eu la moindre influence l'une sur
l'autre.

Le litre fini, le fils se lève. « Allons, mon père,
je ne veux pas vous retarder davantage ; je vous
ai vu, je m'en vais content. A revoir.

— Bonne chance, mon garçon. »

Ils se serrent la main, froidement, l'enfant part
de son côté, le père remonte chez lui ; ils ne se
reverront jamais.

LES TROIS SOMMATIONS

USSI vrai que je m'appelle Bélisaire et que j'ai mon rabot dans
la main en ce moment, si le père
Thiers s'imagine que la bonne
leçon qu'il vient de nous donner
aura servi à quelque chose, c'est qu'il ne connaît
pas le peuple de Paris. Voyez-vous, Monsieur,
ils auront beau nous fusiller en grand, nous dé-
porter, nous exporter, mettre Cayenne au bout
de Satory, bourrer les pontons comme des barils
à sardines, le Parisien aime l'émeute, et rien ne
pourra lui enlever ce goût-là! On a ça dans le
sang. Qu'est-ce que vous voulez? Ce n'est pas
tant la politique qui nous amuse, c'est le train
qu'elle fait : les ateliers fermés, les rassemble-
ments, la flâne, et puis encore quelque chose en
plus que je ne saurais vous dire.

Pour bien comprendre cela, il faut être né,

comme moi, rue de l'Orillon, dans un atelier de
menuisier, et, depuis huit ans jusqu'à quinze qu'on
m'a mis en apprentissage, avoir roulé le faubourg
avec une voiture à bras pleine de copeaux. Ah !
dame ! je peux dire que je m'en suis payé des révolutions, dans ce temps-là. Tout petit, pas plus
haut qu'une botte, dès qu'il y avait du bruit dans
Paris, vous étiez sûr de m'y voir par un bout.
Presque toujours je savais ça d'avance. Quand je
voyais les ouvriers s'en aller bras dessus, bras
dessous, dans le faubourg, en prenant le trottoir
tout en large, les femmes sur les portes causant,
gesticulant, et tous ces tas de monde qui descendaient des barrières, je me disais en charriant mes
copeaux : « Bonne affaire ! il va y avoir quelque
chose... »

En effet, ça ne manquait pas. Le soir, en rentrant chez nous, je trouvais la boutique pleine ;
des amis du père causaient politique autour de
l'établi, des voisins lui apportaient le journal : car
dans ce temps-là il n'y avait pas de feuilles à un
sou comme maintenant. Ceux qui voulaient recevoir le journal se cotisaient à plusieurs dans la
même maison et se le passaient d'étage en étage...
Papa Bélisaire, qui travaillait toujours malgré
tout, poussait son rabot avec colère en entendant
les nouvelles ; et je me rappelle que ces jours-là,

au moment de se mettre à table, la mère ne manquait jamais de nous dire :

« Tenez-vous tranquilles, les enfants... Le père n'est pas content, rapport aux affaires de la politique. »

Moi, vous pensez, je n'y comprenais pas grand'chose à ces sacrées affaires. Tout de même il y avait des mots qui m'entraient dans la tête à force de les entendre, comme, par exemple :

« Cette canaille de Guizot, qui est allé à Gand ! »

Je ne savais pas bien ce que c'était que ce Guizot, ni ce que cela voulait dire d'être allé à Gand ; mais c'est égal, je répétais avec les autres :

« Canaille de Guizot !... Canaille de Guizot !... »

Et j'y allais d'autant plus de bon cœur à l'appeler canaille, ce pauvre M. Guizot, que, dans ma tête, je le confondais avec un grand coquin de sergent de ville qui se tenait au coin de la rue de l'Orillon et me faisait toujours des misères, par rapport à ma charrette de copeaux... Personne ne l'aimait dans le quartier, ce grand rouge-là ! Les chiens, les enfants, tout le monde lui était après ; il n'y avait que le marchand de vin qui, de temps en temps, pour l'amadouer, lui glissait un verre de vin dans l'entre-bâillement de sa boutique. Le grand rouge s'approchait sans avoir l'air de rien, regardait à droite et à gauche s'il n'y avait pas de chefs, puis, en passant, *uit!*... Je n'ai jamais vu siffler un verre de vin si lestement. Le malin, c'était de guetter le moment où il avait le coude en l'air, et d'arriver derrière en criant :

« Gare, sergo!... voilà l'officier. »

On est comme ça dans le peuple de Paris, c'est le sergent de ville qui porte la peine de tout. On s'habitue à les haïr, les pauvres diables, à les regarder comme des chiens. Les ministres font des bêtises, c'est aux sergents de ville qu'on les fait payer, et, quand une fois il arrive une bonne révolution, les ministres s'en vont à Versailles, et les sergents de ville dans le canal...

Pour en revenir donc à ce que je vous disais, dès qu'il y avait quelque chose dans Paris, j'étais un des premiers à le savoir. Ces jours-là, on se donnait rendez-vous, tous les petits du quartier, et nous descendions ensemble le faubourg. Il y avait des gens qui criaient :

« C'est rue Montmartre,... non!... à la porte Saint-Denis. »

D'autres qui s'étaient trouvés en course de ce côté-là revenaient furieux de n'avoir pas pu passer. Les femmes couraient chez les boulangers. On fermait les portes cochères. Tout cela nous montait. Nous chantions, nous bousculions en passant les petits marchands des rues, qui rele-

6

vaient bien vite leurs étalages, leurs éventaires,
comme les jours de grand vent. Quelquefois, en
arrivant au canal, les ponts des écluses étaient
déjà tournés. Des fiacres, des camions, s'arrêtaient
là. Les cochers juraient, le monde s'inquiétait.
Nous escaladions en courant cette grande passerelle toute en marches qui séparait alors le faubourg de la rue du Temple, et nous arrivions sur
les boulevards.

C'est ça qui est amusant, le boulevard, les
mardis gras et les jours d'émeute. Presque pas de
voitures; on pouvait galoper à son aise sur cette
grande chaussée. En nous voyant passer, les boutiquiers de ces quartiers savaient bien ce que cela
voulait dire, et fermaient vite leurs magasins. On
entendait claquer les volets; mais tout de même,
une fois la boutique fermée, ces gens-là se tenaient sur le trottoir, devant leurs portes, parce
que chez les Parisiens la curiosité est plus forte
que tout.

Enfin nous apercevions une masse noire, la
foule, l'encombrement. C'était là !... Seulement,
pour bien voir, il s'agissait d'être au premier rang ;
et dame! on en recevait de ces taloches... Pourtant, à force de pousser, de bousculer, de se
glisser entre les jambes, nous finissions par arriver... Une fois bien placés, en avant de tout le

monde, on respirait et on était fier. Le fait est que le spectacle en valait la peine.

Non, voyez-vous, jamais M. Bocage, jamais M. Mélingue, ne m'ont donné un battement de cœur pareil à celui que j'avais en voyant là-bas, au bout de la rue, dans l'espace resté vide, le commissaire s'avancer avec son écharpe... Les autres criaient :

« Le commissaire ! le commissaire ! »

Moi je ne disais rien. J'avais les dents serrées de peur, de plaisir, de je ne sais pas quoi; en moi-même je pensais :

« Le commissaire est là,... gare tout à l'heure les coups de trique... »

Ce n'était pas encore tant les coups de trique qui m'impressionnaient, mais ce diable d'homme avec son écharpe sur son habit noir, et ce grand chapeau de monsieur qui lui donnait l'air d'être en visite au milieu des schakos et des tricornes, ça me faisait un effet !... Après un roulement de tambour, le commissaire commençait à marmotter quelque chose. Comme il était loin de nous, malgré le grand silence, sa voix s'en allait dans l'air, et on n'entendait que ça :

« Mn... Mn... Mn... »

Mais nous la connaissions aussi bien que lui la loi sur les attroupements. Nous savions que nous

avions droit à trois sommations avant d'arriver
aux coups de trique. Aussi, la première fois, personne ne bougeait. On restait là, bien tranquille,
les mains dans les poches... Par exemple, au second roulement, on commençait à devenir vert
et à regarder de droite et de gauche par où il
faudrait passer... Au troisième roulement, prrt !
c'était comme un départ de perdreaux, et des cris,
des miaulements, un envolement de tabliers, de
chapeaux, de casquettes, et puis, là-bas derrière,
les triques qui commençaient à taper. Non, vrai !
il n'y a pas de pièces de théâtre capables de vous
donner de ces émotions-là. On en avait pour huit
jours à raconter cela aux autres, et comme ils
étaient fiers ceux qui pouvaient dire :

« J'ai entendu la troisième sommation !... »

Il faut dire aussi qu'à ce jeu on risquait quelquefois des morceaux de sa peau. Figurez-vous
qu'un jour, à la pointe Saint-Eustache, je ne sais
comment le commissaire fit son compte ; mais pas
plutôt le second roulement, voilà les municipaux
qui partent, la trique en l'air. Je ne restai pas là
à les attendre, vous pensez bien. Mais j'avais beau
allonger mes petites jambes, un de ces grands
diables s'était acharné sur moi et me serrait de si
court, de si court, qu'après avoir senti deux ou
trois fois le vent de sa trique, je finis par la rece-

voir en plein sur la tête. Dieu de Dieu, quelle décharge! je n'ai jamais vu pareille illumination... On me rapporta chez nous la figure fendue, et si vous croyez que ça m'avait corrigé... Ah! ben oui, tout le temps que la pauvre maman Bélisaire me mettait des compresses, je ne cessais pas de crier :

« Ce n'est pas ma faute... C'est ce gueux de commissaire qui nous a trichés : ... il n'a fait que deux sommations! »

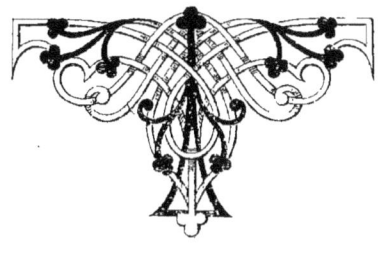

LES PETITS PATÉS

I

E matin-là, qui était un dimanche, le pâtissier Sureau, de la rue Turenne, appela son mitron et lui dit :

« Voilà les petits pâtés de M. Bonnicar,... va les porter et reviens vite... Il paraît que les Versaillais sont entrés dans Paris. »

Le petit, qui n'entendait rien à la politique, mit les pâtés tout chauds dans sa tourtière, la tourtière dans une serviette blanche, et, le tout d'aplomb sur sa barrette, partit au galop pour l'île Saint-Louis, où logeait M. Bonnicar. La matinée était magnifique, un de ces grands soleils de mai qui emplissent les fruiteries de bottes de lilas et de cerises en bouquets. Malgré la fusillade loin-

R. Burnand, inv. et sc.   Jouauat, Éd.   A. Salmon, Imp.

LES PETITS PATÉS

(Contes de Daudet)

taine et les appels des clairons au coin des rues,
tout ce vieux quartier du Marais gardait sa physionomie paisible. Il y avait du dimanche dans
l'air, des rondes d'enfants au fond des cours, de
grandes filles jouant au volant devant les portes,
et cette petite silhouette blanche, qui trottait au
milieu de la chaussée déserte dans un bon parfum
de pâte chaude, achevait de donner à ce matin de
bataille quelque chose de naïf et d'endimanché.
Toute l'animation du quartier semblait s'être répandue dans la rue de Rivoli. On traînait des
canons, on travaillait aux barricades ; des groupes
à chaque pas, des gardes nationaux qui s'affai-
raient. Mais le petit pâtissier ne perdit pas la tête.
Ces enfants-là sont si habitués à marcher parmi
les foules et le brouhaha de la rue ! C'est aux jours
de fête et de train, dans l'encombrement des premiers de l'an, des dimanches gras, qu'ils ont le
plus à courir : aussi les révolutions ne les étonnent
guère.

Il y avait plaisir vraiment à voir la petite barrette blanche se faufiler au milieu des képis et des
baïonnettes, évitant les chocs, balancée gentiment, tantôt très vite, tantôt avec une lenteur
forcée où l'on sentait encore la grande envie de
courir. Qu'est-ce que cela lui faisait à lui, la bataille ? L'essentiel était d'arriver chez les Bonnicar

pour le coup de midi, et d'emporter bien vite le
petit pourboire qui l'attendait sur la tablette de
l'antichambre.

Tout à coup il se fit dans la foule une poussée
terrible, et des pupilles de la République défilèrent au pas de course, en chantant. C'étaient des
gamins de douze à quinze ans, affublés de chasse-
pots, de ceintures rouges, de grandes bottes, aussi
fiers d'être déguisés en soldats que quand ils
courent, les mardis gras, avec des bonnets en
papier et un lambeau d'ombrelle rose grotesque
dans la boue du boulevard. Cette fois, au milieu
de la bousculade, le petit pâtissier eut beaucoup
de peine à garder son équilibre ; mais sa tourtière
et lui avaient fait tant de glissades sur la glace,
tant de parties de marelle en plein trottoir, que
les petits pâtés en furent quittes pour la peur.
Malheureusement cet entrain, ces chants, ces
ceintures rouges, l'admiration, la curiosité, don-
nèrent au mitron l'envie de faire un bout de route
en si belle compagnie ; et, dépassant sans s'en
apercevoir l'Hôtel de ville et les ponts de l'île
Saint-Louis, il se trouva emporté je ne sais où,
dans la poussière et le vent de cette course folle.

II

Depuis au moins vingt-cinq ans, c'était l'usage chez les Bonnicar de manger des petits pâtés le dimanche. A midi très précis, quand toute la famille, — petits et grands, — était réunie dans le salon, un coup de sonnette vif et gai faisait dire à tout le monde :

« Ah!... voilà le pâtissier. »

Alors avec un grand remuement de chaises, un froufrou d'endimanchement, une expansion d'enfants rieurs devant la table mise, tous ces bourgeois heureux s'installaient autour des petits pâtés symétriquement empilés sur le réchaud d'argent.

Ce jour-là la sonnette resta muette. Scandalisé, M. Bonnicar regardait sa pendule, une vieille pendule surmontée d'un héron empaillé, et qui n'avait jamais de la vie avancé ni retardé. Les enfants bâillaient aux vitres, guettant le coin de rue où le mitron tournait d'ordinaire. Les conversations languissaient, et la faim, que midi creuse de ses douze coups répétés, faisait paraître la salle à manger bien grande, bien triste, malgré l'an-

Contes d'Alphonse Daudet.   7

tique argenterie luisante sur la nappe damassée,
et les serviettes pliées tout autour en petits cornets
raides et blancs.

Plusieurs fois déjà la vieille bonne était venue
parler à l'oreille de son maître... rôti brûlé... petits
pois trop cuits... Mais M. Bonnicar s'entêtait à
ne pas se mettre à table sans les petits pâtés; et,
furieux contre Sureau, il résolut d'aller voir lui-
même ce que signifiait un retard aussi inouï.
Comme il sortait, en brandissant sa canne, très en
colère, des voisins l'avertirent :

« Prenez garde, Monsieur Bonnicar,... on dit
que les Versaillais sont entrés dans Paris. »

Il ne voulut rien entendre, pas même la fusillade qui s'en venait de Neuilly à fleur d'eau, pas
même le canon d'alarme de l'Hôtel de ville secouant toutes les vitres du quartier.

« Oh! ce Sureau !... ce Sureau !... »

Et dans l'animation de la course il parlait seul,
se voyait déjà là-bas au milieu de la boutique,
frappant les dalles avec sa canne, faisant trembler
les glaces de la vitrine et les assiettes de babas.
La barricade du pont Louis-Philippe coupa sa
colère en deux. Il y avait là quelques fédérés à
mine féroce, vautrés au soleil sur le sol dépavé.

« Où allez-vous, citoyen? »

Le citoyen s'expliqua; mais l'histoire des petits

pâtés parut suspecte, d'autant que M. Bonnicar avait sa belle redingote des dimanches, des lunettes d'or, toute la tournure d'un vieux réactionnaire.

« C'est un mouchard, dirent les fédérés, il faut l'envoyer à Rigault. »

Sur quoi, quatre hommes de bonne volonté, qui n'étaient pas fâchés de quitter la barricade, poussèrent devant eux à coups de crosse le pauvre homme exaspéré.

Je ne sais pas comment ils firent leur compte, mais une demi-heure après ils étaient tous raflés par la ligne et s'en allaient rejoindre une longue colonne de prisonniers prête à se mettre en marche pour Versailles. M. Bonnicar protestait de plus en plus, levait sa canne, racontait son histoire pour la centième fois. Par malheur cette invention de petits pâtés paraissait si absurde, si incroyable au milieu de ce grand bouleversement, que les officiers ne faisaient qu'en rire.

« C'est bon, c'est bon, mon vieux... Vous vous expliquerez à Versailles. »

Et par les Champs-Élysées, encore tout blancs de la fumée des coups de feu, la colonne s'ébranla entre deux files de chasseurs.

III

Les prisonniers marchaient cinq par cinq, en rangs pressés et compacts. Pour empêcher le convoi de s'éparpiller, on les obligeait à se donner le bras ; et le long troupeau humain faisait en piétinant dans la poussière de la route comme le bruit d'un grande pluie d'orage.

Le malheureux Bonnicar croyait rêver. Suant, soufflant, ahuri de peur et de fatigue, il se traînait à la queue de la colonne entre deux vieilles sorcières qui sentaient le pétrole et l'eau-de-vie ; et d'entendre ces mots de : « Pâtissier, petits pâtés » qui revenaient toujours dans ses imprécations, on pensait autour de lui qu'il était devenu fou.

Le fait est que le pauvre homme n'avait plus sa tête. Aux montées, aux descentes, quand les rangs du convoi se desserraient un peu, est-ce qu'il ne se figurait pas voir là-bas, dans la poussière qui remplissait les vides, la veste blanche et la barrette du petit garçon de chez Sureau ? Et cela dix fois dans la route ! Ce petit éclair blanc passait devant ses yeux comme pour le narguer, puis disparaissait au milieu de cette houle d'uniformes, de blouses, de haillons.

Enfin, au jour tombant, on arriva dans Versailles, et quand la foule vit ce vieux bourgeois à lunettes, débraillé, poussiéreux, hagard, tout le monde fut d'accord pour lui trouver une tête de scélérat. On disait :

« C'est Félix Pyat... Non! c'est Delescluze. »

Les chasseurs de l'escorte eurent beaucoup de peine à l'amener sain et sauf jusqu'à la cour de l'Orangerie. Là seulement le pauvre troupeau put se disperser, s'allonger sur le sol, reprendre haleine. Il y en avait qui dormaient, d'autres qui juraient, d'autres qui toussaient, d'autres qui pleuraient; Bonnicar, lui, ne dormait pas, ne pleurait pas. Assis au bord d'un perron, la tête dans ses mains, aux trois quarts mort de faim, de honte, de fatigue, il revoyait en esprit cette malheureuse journée, son départ de là-bas, ses convives inquiets, ce couvert mis jusqu'au soir et qui devait l'attendre encore, puis l'humiliation, les injures, les coups de crosse, tout cela pour un pâtissier inexact.

« Monsieur Bonnicar, voilà vos petits pâtés!... » dit tout à coup une voix près de lui; et le bonhomme en levant la tête fut bien étonné de voir le petit garçon de chez Sureau, qui s'était fait

pincer avec les pupilles de la République, découvrir et lui présenter la tourtière cachée sous
son tablier blanc. C'est ainsi que, malgré l'émeute
et l'emprisonnement, ce dimanche-là comme les
autres, M. Bonnicar mangea des petits pâtés.

AVEC TROIS CENT MILLE FRANCS

QUE M'A PROMIS GIRARDIN!...

E vous est-il jamais arrivé de sortir de chez vous, le pied léger et l'âme heureuse, et, après deux heures de courses dans Paris, de rentrer tout mal en train, affaissé par une tristesse sans cause, un malaise incompréhensible? Vous vous dites : « Qu'est-ce que j'ai donc?... » Mais vous avez beau chercher, vous ne trouvez rien. Toutes vos courses ont été bonnes, le trottoir sec, le soleil chaud; et pourtant vous vous sentez au cœur une angoisse douloureuse, comme l'impression d'un chagrin ressenti.

C'est qu'en ce grand Paris, où la foule se sent inobservée et libre, on ne peut faire un pas sans se heurter à quelque détresse envahissante qui

vous éclabousse et vous laisse sa marque en passant. Je ne parle pas seulement des infortunes
qu'on connaît, auxquelles on s'intéresse, de ces
chagrins d'ami qui sont un peu les nôtres et dont
la rencontre subite vous serre le cœur comme un
remords ; ni même de ces chagrins d'indifférents,
qu'on n'écoute que d'une oreille, et qui vous
navrent sans qu'on s'en doute. Je parle de ces
douleurs tout à fait étrangères, qu'on n'entrevoit
qu'au passage, en une minute, dans l'activité de
la course et la confusion de la rue.

Ce sont des lambeaux de dialogues saccadés au
train des voitures, des préoccupations sourdes et
aveugles qui parlent toutes seules et très haut,
des épaules lasses, des gestes fous, des yeux de
fièvre, des visages blêmes gonflés de larmes, des
deuils récents mal essuyés aux voiles noirs. Puis
des détails furtifs, et si légers ! Un collet d'habit
brossé, usé, qui cherche l'ombre, une serinette
sans voix tournant à vide sous un porche, un ruban de velours au cou d'une bossue, cruellement
noué bien droit entre les épaules contrefaites...
Toutes ces visions de malheurs inconnus passent
vite, et vous les oubliez en marchant, mais vous
avez senti le frôlement de leur tristesse, vos vêtements se sont imprégnés de l'ennui qu'ils traînaient après eux, et à la fin de la journée vous

sentez remuer tout ce qu'il y a en vous d'ému,
de douloureux, parce que sans vous en apercevoir
vous avez accroché au coin d'une rue, au seuil
d'une porte, ce fil invisible qui lie toutes les infortunes et les agite à la même secousse.

Je pensais à cela l'autre matin (car c'est surtout le matin que Paris montre ses misères) en
voyant marcher devant moi un pauvre diable
étriqué dans un paletot trop mince qui faisait paraître ses enjambées plus longues, et exagérait
férocement tous ses gestes. Courbé en deux,
tourmenté comme un arbre en plein vent, cet
homme s'en allait très vite. De temps en temps
sa main plongeait dans une de ses poches de
derrière, et y cassait un petit pain qu'il dévorait
furtivement, comme honteux de manger dans
la rue.

Les maçons me donnent appétit, quand je les
vois, assis sur les trottoirs, mordre au beau mitan
de leur miche fraîche. Les petits employés aussi
me font envie, lorsqu'ils reviennent en courant de
la boulangerie au bureau, la plume à l'oreille, la
bouche pleine, tout réjouis de ce repas au grand
air. Mais ici on sentait la honte de la vraie faim,
et c'était pitié de voir ce malheureux n'osant
manger que par miettes le pain qu'il broyait au
fond de sa poche.

8

Je le suivais depuis un moment quand tout à coup, comme il arrive souvent dans ces existences déroutées, il changea brusquement de direction et d'idée, et en se retournant se trouva face à face avec moi.

« Tiens! vous voilà!... » Par hasard, je le connaissais un peu. C'était un de ces brasseurs d'affaires comme il en pousse tant entre les pavés de Paris, homme à inventions, fondateur de journaux impossibles, autour duquel il s'était fait pendant un certain temps beaucoup de réclames et de bruit imprimé, et qui depuis trois mois avait disparu dans un formidable plongeon. Après un bouillonnement de quelques jours à l'endroit de sa chute, le flot s'était uni, refermé, et il n'avait plus été question de lui. En me voyant, il se troubla, et, pour couper court à toute question, sans doute aussi pour détourner mon regard de sa tenue sordide et de son sou de pain, il se mit à me parler très vite, d'un ton faussement joyeux... Ses affaires allaient bien, très bien... Ça n'avait été qu'un temps d'arrêt. En ce moment, il tenait une affaire magnifique... Un grand journal industriel à images... Beaucoup d'argent, un traité d'annonces superbe!... Et sa figure s'animait en parlant. Sa taille se redressait. Peu à peu il prit un ton protecteur, comme s'il était déjà dans son bureau de rédaction, me demanda même des articles.

« Et vous savez, ajouta-t-il d'un air de triomphe, c'est une affaire sûre : ... je commence avec trois cent mille francs que m'a promis Girardin. »

Girardin !

C'est bien le nom qui vient toujours à la bouche de ces visionnaires. Quand on le prononce devant moi, ce nom, il me semble voir des quartiers neufs, de grandes bâtisses inachevées, des journaux tout frais imprimés, avec des listes d'actionnaires et d'administrateurs. Que de fois j'ai entendu dire, à propos de projets insensés : « Il faudra parler de ça à Girardin !... »

Et lui aussi, le pauvre diable, cette idée lui était venue de parler de ça à Girardin. Toute la nuit, il avait dû préparer son plan, aligner des chiffres ; puis il était sorti, et en marchant, en s'agitant, l'affaire était devenue si belle qu'au moment de notre rencontre il lui paraissait impossible que Girardin lui refusât ses trois cent mille francs. En disant qu'on les lui avait promis, le malheureux ne mentait pas, il ne faisait que continuer son rêve.

Pendant qu'il me parlait, nous étions bousculés, poussés contre le mur. C'était sur le trottoir d'une de ces rues si agitées qui vont de la Bourse à la

Banque, pleines de gens pressés, distraits, tout à leurs affaires, boutiquiers anxieux courant retirer leurs billets, petits boursiers à figures basses qui se jettent des chiffres à l'oreille en passant. Et d'entendre tous ces beaux projets au milieu de cette foule, dans ce quartier de spéculateurs où l'on sent comme la hâte et la fièvre des jeux de hasard, cela me donnait le frisson d'une histoire de naufrage racontée en pleine mer. Je voyais réellement tout ce que cet homme me disait, ses catastrophes sur d'autres visages, et ses espoirs rayonnants dans d'autres yeux égarés. Il me quitta brusquement, comme il m'avait abordé, jeté à corps perdu dans ce tourbillon de folies, de rêves, de mensonges, ce que ces gens-là appellent d'un ton sérieux « les affaires ».

Au bout de cinq minutes, je l'avais oublié, mais le soir, rentré chez moi, quand je secouai avec la poussière des rues toutes les tristesses de la journée, je revis cette figure tourmentée et pâle, le petit pain d'un sou, et le geste qui soulignait ces paroles fastueuses : « Avec trois cent mille francs que m'a promis Girardin !... »

UN SOIR DE PREMIÈRE

IMPRESSIONS DE L'AUTEUR

C'EST pour huit heures. Dans cinq minutes, la toile va se lever. Machinistes, régisseur, garçon d'accessoires, tout le monde est à son poste. Les acteurs de la première scène se placent, prennent leurs attitudes. Je regarde une dernière fois par le trou du rideau. La salle est comble; quinze cents têtes rangées en amphithéâtre, riant, s'agitant dans la lumière. Il il y en a quelques-unes que je reconnais vaguement; mais leur physionomie me paraît toute changée. Ce sont des mines pincées, des airs rogues, dogmatiques, des lorgnettes déjà braquées qui me visent comme des pistolets. Il y a bien dans un coin quelques visages chers, pâlis par

l'angoisse et l'attente ; mais combien d'indifférents, de mal disposés ! Et tout ce que ces gens
apportent du dehors, cette masse d'inquiétudes,
de distractions, de préoccupations, de méfiances...
Dire qu'il va falloir dissiper tout cela, traverser
cette atmosphère d'ennui, de malveillance, faire
à ces milliers d'êtres une pensée commune, et que
mon drame ne peut exister qu'en allumant sa vie
à toutes ces paires d'yeux inexorables... Je voudrais attendre encore, empêcher le rideau de se
lever. Mais non ! il est trop tard. Voilà les trois
coups frappés, l'orchestre qui prélude,... puis un
grand silence, et une voix que j'entends des cou-
lisses, sourde, lointaine, perdue dans l'immensité
de la salle. C'est ma pièce qui commence. Ah !
malheureux, qu'est-ce que j'ai fait ?...

Moment terrible. On ne sait où aller, que
devenir. Rester là, collé contre un portant,
l'oreille tendue, le cœur serré ; encourager les
acteurs quand on aurait tant besoin d'encourage-
ments soi-même, parler sans savoir ce qu'on dit,
sourire en ayant dans les yeux l'égarement de la
pensée absente... Au diable ! J'aime encore mieux
me glisser dans la salle et regarder le danger en
face.

Caché au fond d'une baignoire, j'essaye de me
poser en spectateur détaché, indifférent, comme

si je n'avais pas vu pendant deux mois toutes les
poussières de ces planches flotter autour de mon
œuvre, comme si je n'avais pas réglé moi-même
tous ces gestes, toutes ces voix et les moindres
détails de la mise en scène, depuis le mécanisme
des portes jusqu'à la montée du gaz. C'est une
impression singulière. Je voudrais écouter, mais
je ne peux pas. Tout me gêne, tout me dérange.
Ce sont des clefs brusques aux portes des loges,
des tabourets qu'on remue, des quintes de toux
qui s'encouragent, se répondent, des chuchotements d'éventails, des étoffes froissées, un tas de
petits bruits qui me paraissent énormes ; puis des
hostilités de gestes, d'attitudes, des dos qui n'ont
pas l'air content, des coudes ennuyés qui s'étalent,
semblent barrer tout le décor.

Devant moi, un tout jeune homme à binocle
prend des notes d'un air grave, et dit :

« C'est enfantin. »

Dans la loge à côté, on cause à voix basse :

« Vous savez que c'est pour demain.

— Pour demain ?

— Oui, demain, sans faute. »

Il paraît que demain est très important pour
ces gens-là, et moi qui ne pense qu'à aujour-
d'hui !... A travers cette confusion, pas un des
mots ne porte, ne fait flèche. Au lieu de monter,

d'emplir la salle, les voix des acteurs s'arrêtent au
bord de la rampe et retombent lourdement dans
le trou du souffleur, au fracas bête de la claque...
Qu'est-ce qu'il a donc à se fâcher, ce monsieur,
là-haut? Décidément j'ai peur. Je m'en vais.

Me voilà dehors. Il pleut, il fait noir; mais je
ne m'en aperçois guère. Les loges, les galeries,
tournent encore devant moi avec leurs rangées de
têtes lumineuses, et la scène au milieu, comme
un point fixe, éclatant, qui s'obscurcit à mesure
que je m'éloigne. J'ai beau marcher, me secouer,
je la vois toujours cette scène maudite, et la pièce,
que je sais par cœur, continue à se jouer, à se
traîner lugubrement au fond de mon cerveau.
C'est comme un mauvais rêve que j'emporte avec
moi, et auquel je mêle les gens qui me heurtent,
le gâchis, le bruit de la rue. Au coin du boulevard, un coup de sifflet m'arrête, me fait pâlir.
Imbécile! c'est un bureau d'omnibus... Et je
marche, et la pluie redouble. Il me semble que
là-bas aussi il pleut sur mon drame, que tout se
décolle, se détrempe, et que mes héros, honteux
et fripés, barbotent à ma suite sur les trottoirs
luisants de gaz et d'eau.

Pour m'arracher à ces idées noires, j'entre dans
un café. J'essaye de lire; mais les lettres se croisent,
dansent, s'allongent, tourbillonnent. Je ne sais

plus ce que les mots veulent dire ; ils me semblent
tous bizarres, vides de sens. Cela me rappelle une
lecture que j'ai faite en mer, il y a quelques années,
un jour de très gros temps. Sous le roufle inondé
d'eau où je m'étais blotti, j'avais trouvé une
grammaire anglaise, et là, dans le train des vagues
et des mâts arrachés, pour ne pas penser au danger,
pour ne pas voir ces paquets d'eau verdâtre qui
croulaient sur le pont en s'étalant, je m'absorbais
de toutes mes forces dans l'étude du *th* anglais ;
mais j'avais beau lire à haute voix, répéter et crier
les mots, rien ne pouvait entrer dans ma tête,
pleine des huées de la mer et des sifflements aigus
de la bise en haut des vergues.

Le journal que je tiens à ce moment me paraît
aussi incompréhensible que ma grammaire anglaise. Pourtant, à force de fixer cette grande feuille
dépliée devant moi, je vois s'y dérouler, entre les
lignes courtes et serrées, les articles de demain, et
mon pauvre nom se débattre dans des buissons
d'épines et des flots d'encre amère... Tout à coup
le gaz baisse, on ferme le café.

Déjà !

Quelle heure est-il donc ?

... Les boulevards sont pleins de monde. On
sort des théâtres. Je me croise sans doute avec
des gens qui ont vu ma pièce. Je voudrais de-

Contes d'Alphonse Daudet.   9

mander, savoir, et en même temps je passe vite
pour ne pas entendre les réflexions à haute voix
et les feuilletons en pleine rue. Ah! comme ils
sont heureux tous ceux-là qui rentrent chez eux
et qui n'ont pas fait de pièces... Me voici devant
le théâtre. Tout est fermé, éteint. Décidément,
je ne saurai rien ce soir; mais je me sens une
immense tristesse devant les affiches mouillées et
les ifs à lampions qui clignotent encore à la porte.
Ce grand bâtiment que j'ai vu tout à l'heure s'é-
taler en bruit et en lumière à tout ce coin de boulevard est sourd, noir, désert, ruisselant comme
après un incendie... Allons! c'est fini. Six mois
de travail, de rêves, de fatigues, d'espérances, tout
cela s'est brûlé, perdu, envolé à la flambée de gaz
d'une soirée.

LA SOUPE AU FROMAGE

'EST une petite chambre au cinquième, une de ces mansardes où la pluie tombe droite sur les vitres à tabatière, et qui, — la nuit venue comme maintenant, — semblent se perdre avec les toits dans le noir et dans la rafale. Pourtant la pièce est bonne, confortable, et l'on éprouve en y entrant je ne sais quel sentiment de bien-être qu'augmentent encore le bruit du vent et les torrents de pluie ruisselant aux gouttières. On se croirait dans un nid bien chaud, tout en haut d'un grand arbre. Pour le moment, le nid est vide. Le maître du logis n'est pas là ; mais on sent qu'il va rentrer bientôt, et tout chez lui a l'air de l'attendre. Sur un bon feu couvert, une petite marmite bout tranquillement avec un murmure de satisfaction. C'est un peu tard veiller pour une marmite ; aussi, quoique celle-là semble faite au métier, à en juger par ses flancs roussis, passés à la flamme, de temps en temps elle s'impatiente, et son couvercle se soulève, agité par la vapeur. Alors une bouffée de chaleur appétissante monte et se répand dans toute la chambre.

Oh! la bonne odeur de soupe au fromage!...

Parfois aussi le feu couvert se dégage un peu. Un écroulement de cendres se fait entre les bûches, et une petite flamme court sur le parquet, éclairant le logis par le bas, comme pour faire son inspection, s'assurer que tout est en ordre. Oui, ma foi! tout est bien en ordre, et le maître peut venir quand il voudra. Les rideaux d'algérienne sont tirés devant les fenêtres, drapés confortablement autour du lit. Voilà là-bas le grand fauteuil qui s'allonge auprès de la cheminée; la table, dans un coin toute dressée, avec la lampe prête à allumer, le couvert mis pour un seul, et à côté du couvert le livre, compagnon du repas solitaire... Et, de même que la marmite a un coup de feu, les fleurs de la vaisselle ont pâli dans l'eau, le livre est froissé aux bords. Il y a sur tout cela l'air attendri, un peu fatigué, d'une habitude. On sent que le maître du logis doit rentrer très tard toutes les nuits, et qu'il aime à trouver en rentrant ce petit souper qui mijote et tient la chambre parfumée et chaude jusqu'à son retour.

Oh! la bonne odeur de soupe au fromage !...

A voir la netteté de ce logement de garçon, je m'imagine un employé, un de ces êtres minutieux qui installent dans toute leur vie l'exactitude de l'heure du bureau et l'ordre des cartons étiquetés. Pour rentrer si tard, il doit avoir un service de nuit à la poste ou au télégraphe. Je le vois d'ici derrière un grillage, en manches de lustrine et calotte de velours, triant, timbrant des lettres, dévidant les banderoles bleues des dépêches, préparant à Paris qui dort ou qui s'amuse toutes ses affaires de demain... Eh bien, non. Ce n'est pas cela. Voici qu'en furetant dans la chambre, la petite lueur du foyer vient éclairer de grandes photographies accrochées au mur. Aussitôt l'on voit sortir de l'ombre, encadrés d'or et majestueusement drapés, l'empereur Auguste, Mahomet, Félix, chevalier romain, gouverneur d'Arménie, des couronnes, des casques, des tiares, des turbans, et, sous ces coiffures différentes, toujours la même tête solennelle et droite, la tête du maître de céans, l'heureux seigneur pour qui cette soupe embaumée mijote et bout doucement sur la cendre chaude...

Oh! la bonne odeur de soupe au fromage !...

Certes, non! celui-là n'est pas un employé des postes. C'est un empereur, un maître du monde,

un de ces êtres providentiels qui tous les soirs de
répertoire font trembler les voûtes de l'Odéon et
n'ont qu'à dire : « Gardes, saisissez-le ! » pour
que les gardes obéissent. En ce moment, il est là-
bas dans son palais, de l'autre côté de l'eau. Le
cothurne aux talons, la chlamyde à l'épaule, il
erre sous les portiques, déclame, fronce le sourcil,
se drape d'un air ennuyé dans ses tirades tragiques.
C'est si triste en effet de jouer devant les ban-
quettes ! Et la salle de l'Odéon est si grande, si
froide, les soirs de tragédie !... Tout à coup
l'empereur, à demi gelé sous sa pourpre, sent un
frisson de chaleur lui courir par tout le corps.
Son œil s'allume, sa narine s'ouvre... Il songe
qu'en rentrant, il va trouver sa chambre encore
chaude, le couvert mis, la lampe prête et tout son
petit chez lui bien rangé, avec ce soin bourgeois
des comédiens qui se vengent dans la vie privée
des allures un peu désordonnées de la scène... Il
se voit découvrant la marmite, remplissant son
assiette à fleurs...

Oh ! la bonne odeur de soupe au fromage !...

A partir de ce moment, ce n'est plus le même
homme. Les plis droits de sa chlamyde, les escaliers de marbre, la raideur des portiques, n'ont
plus rien qui le gêne. Il s'anime, presse son jeu,
précipite l'action. Pensez donc ! si le feu allait

s'éteindre là-bas... A mesure que la soirée s'a-
vance, sa vision se rapproche et lui donne de
l'entrain. Miracle! l'Odéon dégèle. Les vieux
habitués de l'orchestre, réveillés de leur torpeur,
trouvent que ce Marancourt est vraiment magnifique, surtout aux dernières scènes. Le fait est
qu'au dénouement, à l'heure décisive où l'on
poignarde les traîtres, où l'on marie les prin-
cesses, la physionomie de l'empereur vous a
une béatitude, une sérénité singulières. L'estomac creusé par tant d'émotions, de tirades, il lui
semble qu'il est chez lui, assis à sa petite table,
et son regard va de Cinna à Maxime avec un bon
sourire d'attendrissement, comme s'il voyait déjà
les jolis fils blancs qui s'allongent au bout de la
cuiller, quand la soupe au fromage est cuite à
point, bien mijotée et servie chaude...

LE DERNIER LIVRE

L est mort !... » me dit quelqu'un dans l'escalier.

Depuis plusieurs jours déjà je la sentais venir, la lugubre nouvelle. Je savais que d'un moment à l'autre j'allais la trouver à cette porte ; et pourtant elle me frappa comme quelque chose d'inattendu. Le cœur gros, les lèvres tremblantes, j'entrai dans cet humble logis d'homme de lettres où le cabinet de travail tenait la plus grande place, où l'étude despotique avait pris tout le bien-être, toute la clarté de la maison.

Il était là couché sur un petit lit de fer très bas, et sa table chargée de papiers, sa grande écriture interrompue au milieu des pages, sa plume encore debout dans l'encrier, disaient combien la mort l'avait frappé subitement. Derrière le lit, une haute armoire de chêne, débordant de ma-

nuscrits, de paperasses, s'entr'ouvrait presque sur
sa tête. Tout autour, des livres, rien que des livres : partout, sur des rayons, sur des chaises, sur
le bureau, empilés par terre dans des coins, jusque
sur le pied du lit. Quand il écrivait là, assis à sa
table, cet encombrement, ce fouillis sans poussière pouvait plaire aux yeux : on y sentait la vie,
l'entrain du travail. Mais dans cette chambre de
mort, c'était lugubre. Tous ces pauvres livres,
qui croulaient par piles, avaient l'air prêts à partir, à se perdre dans cette grande bibliothèque du
hasard, éparse dans les ventes, sur les quais, les
étalages, feuilletée par le vent et la flâne.

Je venais de l'embrasser dans son lit, et j'étais
debout à le regarder, tout saisi par le contact de
ce front froid et lourd comme une pierre. Soudain la porte s'ouvrit. Un commis en librairie,
chargé, essoufflé, entra joyeusement et poussa
sur la table un paquet de livres, frais sortis de la
presse.

« Envoi de Bachelin », cria-t-il ; puis, voyant
le lit, il recula, ôta sa casquette et se retira discrètement.

Il y avait quelque chose d'effroyablement iro-
nique dans cet envoi du libraire Bachelin, retardé
d'un mois, attendu par le malade avec tant d'impatience et reçu par le mort... Pauvre ami ! C'é-

10

tait son dernier livre, celui sur lequel il comptait
le plus. Avec quel soin minutieux ses mains, déjà
tremblantes de fièvre, avaient corrigé les épreuves ! quelle hâte il avait de tenir le premier exemplaire ! Dans les derniers jours, quand il ne parlait plus, ses yeux restaient fixés sur la porte ; et
si les imprimeurs, les protes, les brocheurs, tout
ce monde employé à l'œuvre d'un seul, avaient
pu voir ce regard d'angoisse et d'attente, les mains
se seraient hâtées, les lettres se seraient bien vite
mises en pages, les pages en volumes pour arriver à temps, c'est-à-dire un jour plus tôt, et
donner au mourant la joie de retrouver, toute
fraîche dans le parfum du livre neuf et la netteté
des caractères, cette pensée qu'il sentait déjà fuir
et s'obscurcir en lui.

Même en pleine vie, il y a là, en effet, pour
l'écrivain un bonheur dont il ne se blase jamais.
Ouvrir le premier exemplaire de son œuvre, la
voir fixée, comme en relief, et non plus dans cette
grande ébullition du cerveau où elle est toujours
un peu confuse, quelle sensation délicieuse ! Tout
jeune, cela vous cause un éblouissement : les lettres miroitent, allongées de bleu, de jaune, comme
si l'on avait du soleil plein la tête. Plus tard, à
cette joie d'inventeur se mêle un peu de tristesse,
le regret de n'avoir pas dit tout ce que l'on vou-

lait dire. L'œuvre qu'on portait en soi paraît toujours plus belle que celle qu'on a faite. Tant de
choses se perdent en ce voyage de la tête à la
main! A voir dans les profondeurs du rêve, l'idée
du livre ressemble à ces jolies méduses de la Mé-
diterranée qui passent dans la mer comme des
nuances flottantes; posées sur le sable, ce n'est
plus qu'un peu d'eau, quelques gouttes décolo-
rées que le vent sèche tout de suite.

Hélas! ni ces joies ni ces désillusions, le pauvre garçon n'avait rien eu, lui, de sa dernière
œuvre. C'était navrant à voir, cette tête inerte et
lourde, endormie sur l'oreiller, et à côté ce livre
tout neuf, qui allait paraître aux vitrines, se mêler aux bruits de la rue, à la vie de la journée,
dont les passants liraient le titre machinalement,
l'emporteraient dans leur mémoire, au fond de
leurs yeux, avec le nom de l'auteur, ce même
nom inscrit à la page triste des mairies, et si riant,
si gai sur la couverture de couleur claire. Le pro-
blème de l'âme et du corps semblait tenir là tout
entier, entre ce corps rigide qu'on allait enseve-
lir, oublier, et ce livre qui se détachait de lui,
comme une âme visible, vivante, et peut-être im-
mortelle...

... « Il m'en avait promis un exemplaire... »,
dit tout bas près de moi une voix larmoyante. Je

me retournai, et j'aperçus, sous des lunettes d'or,
un petit œil vif et fureteur de ma connaissance et
de la vôtre aussi, vous tous mes amis qui écrivez.
C'était l'amateur de livres, celui qui vient, dès
qu'un volume de vous est annoncé, sonner à
votre porte deux petits coups timides et persis-
tants qui lui ressemblent. Il entre, souriant, l'é-
chine basse, frétille autour de vous, vous appelle
« cher maître », et ne s'en ira pas sans emporter
votre dernier livre. Rien que le dernier ! Il a tous
les autres, c'est celui-là seul qui lui manque. Et
le moyen de refuser ? Il arrive si bien à l'heure, il
sait si bien vous prendre au milieu de cette joie
dont nous parlions, dans l'abandon des envois,
des dédicaces. Ah ! le terrible petit homme que
rien ne rebute, ni les portes sourdes, ni les ac-
cueils gelés, ni le vent, ni la pluie, ni les distan-
ces. Le matin, on le rencontre dans la rue de la
Pompe, grattant au petit huis du patriarche de
Passy ; le soir, il revient de Marly avec le nouveau
drame de Sardou sous le bras. Et comme cela,
toujours trottant, toujours en quête, il remplit sa
vie sans rien faire, et sa bibliothèque sans payer.

Certes, il fallait que la passion des livres fût
bien forte chez cet homme pour l'amener ainsi
jusqu'à ce lit de mort.

« Eh ! prenez-le, votre exemplaire », lui dis-je

impatienté. Il ne le prit pas, il l'engloutit. Puis,
une fois le volume bien approfondi dans sa poche, il resta sans bouger, sans parler, la tête pen-
chée sur l'épaule, essuyant ses lunettes d'un air
attendri... Qu'attendait-il ? qu'est-ce qui le retenait ? Peut-être un peu de honte, l'embarras de
partir tout de suite, comme s'il n'était venu que
pour cela !

Eh bien, non !

Sur la table, dans le papier d'emballage à moitié enlevé, il venait d'apercevoir quelques exemplaires d'amateur, la tranche épaisse, non rognés,
avec de grandes marges, fleurons, culs-de-lampe ;
et, malgré son attitude recueillie, son regard, sa
pensée, tout était là... Il en louchait, le malheureux !

Ce que c'est pourtant que la manie d'observer !
Moi-même je m'étais laissé distraire de mon émotion, et je suivais, à travers mes larmes, cette petite comédie navrante qui se jouait au chevet du
mort. Doucement, par petites secousses invisibles, l'amateur se rapprochait de la table. Sa main
se posa comme par hasard sur un des volumes ; il
le retourna, l'ouvrit, palpa le feuillet. A mesure
son œil s'allumait, le sang lui montait aux joues.
La magie du livre opérait en lui... A la fin, n'y
tenant plus, il en prit un.

« C'est pour M. de Sainte-Beuve », me dit-il à demi-voix, et dans sa fièvre, son trouble, la peur qu'on ne le lui reprît, peut-être aussi pour bien me convaincre que c'était pour M. de Sainte-Beuve, il ajouta très gravement avec un accent de componction intraduisible : « de l'Académie française !... » et il disparut.

MAISON A VENDRE

AU-DESSUS de la porte, une porte de bois mal jointe, qui laissait se mêler, dans un grand intervalle, le sable du jardinet et la terre de la route, un écriteau était accroché depuis longtemps, immobile dans le soleil d'été, tourmenté, secoué au vent d'automne : *Maison à vendre,* et cela semblait dire aussi maison abandonnée, tant il y avait de silence autour.

Quelqu'un habitait là pourtant. Une petite fumée bleuâtre, montant de la cheminée de brique qui dépassait un peu le mur, trahissait une existence cachée, discrète et triste comme la fumée de ce feu de pauvre. Puis, à travers les ais branlants de la porte, au lieu de l'abandon, du vide, de cet en-l'air qui précède et annonce une vente, un départ, on voyait des allées bien alignées, des tonnelles arrondies, les arrosoirs près du bassin

et des ustensiles de jardinier appuyés à la maisonnette. Ce n'était rien qu'une maison de paysan, équilibrée sur ce terrain en pente par un petit
escalier, qui plaçait le côté de l'ombre au premier, celui du midi au rez-de-chaussée. De ce
côté-là, on aurait dit une serre. Il y avait des cloches de verre empilées sur les marches, des pots
à fleurs vides, renversés, d'autres rangés avec
des géraniums, des verveines sur le sable chaud
et blanc. Du reste, à part deux ou trois grands
platanes, le jardin était tout au soleil. Des arbres
fruitiers en éventail sur des fils de fer, ou bien en
espalier, s'étalaient à la grande lumière, un peu dé-
feuillés, là seulement pour le fruit. C'étaient aussi
des plants de fraisiers, des pois à grandes rames ;
et, au milieu de tout cela, dans cet ordre et ce
calme, un vieux, à chapeau de paille, qui circulait
tout le jour par les allées, arrosait aux heures
fraîches, coupait, émondait les branches et les
bordures.

Ce vieux ne connaissait personne dans le pays.
Excepté la voiture du boulanger, qui s'arrêtait à
toutes les portes dans l'unique rue du village, il
n'avait jamais de visite. Parfois quelque passant,
en quête d'un de ces terrains à mi-côte qui sont
tous très fertiles et font de charmants vergers,
s'arrêtait pour sonner en voyant l'écriteau. D'a-

bord la maison restait sourde. Au second coup,
un bruit de sabots s'approchait lentement du fond
du jardin, et le vieux entre-bâillait sa porte d'un
air furieux :

« Qu'est-ce que vous voulez ?

— La maison est à vendre ?

— Oui, répondait le bonhomme avec effort,
oui... elle est à vendre, mais je vous préviens
qu'on en demande très cher... » Et sa main, toute
prête à la refermer, barrait la porte. Ses yeux
vous mettaient dehors, tant ils montraient de colère, et il restait là, gardant comme un dragon
ses carrés de légumes et sa petite cour sablée.
Alors les gens passaient leur chemin, se demandant à quel maniaque ils avaient affaire, et quelle
était cette folie de mettre sa maison en vente avec
un tel désir de la conserver.

Ce mystère me fut expliqué. Un jour, en passant devant la petite maison, j'entendis des voix
animées, le bruit d'une discussion.

« Il faut vendre, papa, il faut vendre,... vous
l'avez promis... »

Et la voix du vieux, toute tremblante :

« Mais, mes enfants, je ne demande pas mieux
que de vendre,... voyons ! puisque j'ai mis l'écriteau. »

J'appris ainsi que c'étaient ses fils, ses brus, de

petits boutiquiers parisiens, qui l'obligeaient à se
défaire de ce coin bien-aimé. Pour quelle raison ?
je l'ignore. Ce qu'il y a de sûr, c'est qu'ils commençaient à trouver que la chose traînait trop, et,
à partir de ce jour, ils vinrent régulièrement tous
les dimanches pour harceler le malheureux, l'o-
bliger à tenir sa promesse. De la route, dans ce
grand silence du dimanche, où la terre elle-même
se repose d'avoir été labourée, ensemencée toute
la semaine, j'entendais cela très bien. Les boutiquiers causaient, discutaient entre eux en jouant
au tonneau, et le mot argent sonnait sec dans
ces voix aigres comme les palets qu'on heurtait.
Le soir, tout le monde s'en allait ; et, quand
le bonhomme avait fait quelques pas sur la route
pour les reconduire, il rentrait bien vite, et refer-
mait tout heureux sa grosse porte, avec une semaine de répit devant lui. Pendant huit jours la
maison redevenait silencieuse. Dans le petit jardin
brûlé de soleil, on n'entendait rien que le sable
écrasé d'un pas lourd ou traîné au râteau.

De semaine en semaine cependant, le vieux
était plus pressé, plus tourmenté. Les boutiquiers
employaient tous les moyens. On amenait les petits enfants pour le séduire. « Voyez-vous, grand-
père, quand la maison sera vendue, vous viendrez
habiter avec nous. Nous serons si heureux ¡tous

ensemble !... » Et c'étaient des aparté dans tous
les coins, des promenades sans fin à travers les
allées, des calculs faits à haute voix. Une fois
j'entendis une des filles qui criait :

« La baraque ne vaut pas cent sous,... elle est
bonne à jeter à bas. »

Le vieux écoutait sans rien dire. On parlait de
lui comme s'il était mort, de sa maison comme si
elle était déjà abattue. Il allait, tout voûté, des
larmes dans les yeux, cherchant par habitude une
branche à émonder, un fruit à soigner en passant;
et l'on sentait sa vie si bien enracinée dans ce petit coin de terre qu'il n'aurait jamais la force de
s'en arracher. En effet, quoi qu'on pût lui dire,
il reculait toujours le moment du départ. En été,
quand mûrissaient ces fruits un peu acides qui
sentent la verdeur de l'année, les cerises, les gro-
seilles, les cassis, il se disait :

« Attendons la récolte... Je vendrai tout de
suite après. »

Mais, la récolte faite, les cerises passées, venait
le tour des pêches, puis les raisins, et après les
raisins ces belles nèfles brunes qu'on cueille presque sous la neige. Alors l'hiver arrivait. La campagne était noire, le jardin vide. Plus de passants,
plus d'acheteurs. Plus même de boutiquiers le
dimanche. Trois grands mois de repos pour pré-

parer les semences, tailler les arbres fruitiers,
pendant que l'écriteau inutile se balançait sur la
route, retourné par la pluie et le vent.

A la longue, impatientés et persuadés que le
vieux faisait tout pour éloigner les acheteurs, les
enfants prirent un grand parti. Une des brus vint
s'installer près de lui, une petite femme de boutique, parée dès le matin, et qui avait bien cet air
avenant, faussement doux, cette amabilité obsé-
quieuse des gens habitués au commerce. La route
semblait lui appartenir. Elle ouvrait la porte toute
grande, causait fort, souriait aux passants comme
pour dire :

« Entrez,... voyez,... la maison est à vendre ! »

Plus de répit pour le pauvre vieux. Quelquefois, essayant d'oublier qu'elle était là, il bêchait
ses carrés, les ensemençait à nouveau, comme ces
gens tout près de la mort qui aiment à faire
des projets pour tromper leurs craintes. Tout
le temps la boutiquière le suivait, le tourmentait :

« Bah ! à quoi bon ?... C'est donc pour les autres que vous prenez tant de peine ? »

Il ne lui répondait pas, et s'acharnait à son travail avec un entêtement singulier. Laisser son jardin à l'abandon, c'eût été le perdre un peu déjà,
commencer à s'en détacher. Aussi les allées n'a-

vaient pas un brin d'herbe ; pas de gourmand aux rosiers.

En attendant, les acquéreurs ne se présentaient pas. C'était le moment de la guerre, et la femme avait beau tenir sa porte ouverte, faire des yeux doux à la route, il ne passait que des déménagements, il n'entrait que de la poussière. De jour en jour la dame devenait plus aigre. Ses affaires de Paris la réclamaient. Je l'entendais accabler son beau-père de reproches, lui faire de véritables scènes, taper les portes. Le vieux courbait le dos sans rien dire, et se consolait en regardant monter ses petits pois, et l'écriteau, toujours à la même place : *Maison à vendre.*

... Cette année, en arrivant à la campagne, j'ai bien retrouvé la maison ; mais, hélas ! l'écriteau n'y était plus. Des affiches déchirées, moisies, pendaient encore au long des murs. C'est fini ; on l'avait vendue ! A la place du grand portail gris, une porte verte, fraîchement peinte, avec un fronton arrondi, s'ouvrait par un petit jour grillé qui laissait voir le jardin. Ce n'était plus le verger d'autrefois, mais un fouillis bourgeois de corbeilles, de pelouses, de cascades, le tout reflété dans une grande boule de métal qui se balançait devant le perron. Dans cette boule, les allées faisaient des cordons de fleurs voyantes, et deux larges figures s'étalaient, exagérées : un gros homme rouge, tout en nage, enfoncé dans une chaise rustique, et une énorme dame essoufflée, qui criait en brandissant un arrosoir :

« J'en ai mis quatorze aux balsamines ! »

On avait bâti un étage, renouvelé les palissades; et dans ce petit coin remis à neuf, sentant encore la peinture, un piano jouait à toute volée des quadrilles connus et des polkas de bals publics. Ces airs de danse, qui tombaient sur la route et faisaient chaud à entendre, mêlés à la grande poussière de juillet, ce tapage de grosses fleurs, de grosses dames, cette gaieté débordante et triviale, me serraient le cœur. Je pensais au pauvre vieux qui se promenait là, si heureux, si tranquille; et je me le figurais à Paris, avec son chapeau de paille, son dos de vieux jardinier, errant au fond de quelque arrière-boutique, ennuyé, timide, plein de larmes, pendant que sa bru triomphait dans un comptoir neuf, où sonnaient les écus de la petite maison.

F Burnand, inv. et sc.　　　Jouaust, Ed.　　　A. Salmon, Imp

LES VIEUX

(Contes de Daudet)

taole
me faire pe
pois pas, voyez

que le
je ne fou

LES VIEUX [1]

Une lettre, père Azan?

— Oui, Monsieur,... ça vient de Paris. »

Il était tout fier que ça vînt de Paris, ce brave père Azan... Pas moi. Quelque chose me disait que cette Parisienne de la rue Jean-Jacques, tombant sur ma table à l'improviste et de si grand matin, allait me faire perdre toute ma journée. Je ne me trompais pas, voyez plutôt :

Il faut que tu me rendes un service, mon ami. Tu vas fermer ton moulin pour un jour et t'en aller tout de suite à Esguières... Esguières est un gros bourg à trois ou quatre lieues de chez toi, — une promenade. En arrivant, tu demanderas le couvent

---

1. *Lettres de mon moulin.*

des Orphelines. La première maison après le couvent est une maison basse à volets gris avec un jardinet derrière. Tu entreras sans frapper, — la porte est toujours ouverte ; et, en entrant, tu crieras bien fort : « Bonjour, braves gens. Je suis l'ami de Maurice... » Alors tu verras deux petits vieux, oh ! mais vieux, vieux, archivieux, te tendre les bras du fond de leurs grands fauteuils, et tu les embrasseras de ma part, avec tout ton cœur, comme s'ils étaient à toi. Puis vous causerez ; ils te parleront de moi, rien que de moi ; ils te raconteront mille folies que tu écouteras sans rire... Tu ne riras pas, hein ?... Ce sont mes grands-parents, deux êtres dont je suis toute la vie et qui ne m'ont pas vu depuis dix ans... Dix ans, c'est long ! mais que veux-tu ? moi, Paris me tient ; eux, c'est le grand âge... Ils sont si vieux ; s'ils venaient me voir, ils se casseraient en route... Heureusement tu es là-bas, mon cher meunier, et, en t'embrassant, les pauvres gens croiront m'embrasser un peu moi-même... Je leur ai si souvent parlé de nous et de cette bonne amitié dont...

Le diable soit de l'amitié ! Justement ce matin-là il faisait un temps admirable, mais qui ne valait rien pour courir les routes : trop de mistral et trop de soleil, une vraie journée de Provence.

Quand cette maudite lettre arriva, j'avais déjà
choisi mon *cagnard* (abri) entre deux roches, et je
rêvais de rester là tout le jour, comme un lézard,
à boire de la lumière, en écoutant chanter les
pins... Enfin, que vouliez-vous faire? Je fermai
le moulin en maugréant, je mis la clef sous
la chatière. Mon bâton, ma pipe, et me voilà
parti.

J'arrivai à Esguières vers deux heures. Le village était désert, tout le monde aux champs.
Dans les ormes du cours, blancs de poussière,
les cigales chantaient comme en pleine Crau. Il
y avait bien sur la place de la mairie un âne qui
prenait le soleil, un vol de pigeons sur la fon-
taine de l'église; mais personne pour m'indiquer
l'orphelinat. Par bonheur une vieille fée m'ap-
parut tout à coup, accroupie et filant dans l'encoignure de sa porte; je lui dis ce que je cher-
chais, et, comme cette fée était très puissante,
elle n'eut qu'à lever sa quenouille, aussitôt le
couvent des Orphelines se dressa devant moi
comme par magie... C'était une grande maison
maussade et noire, toute fière de montrer au-
dessus de son portail en ogive une vieille croix
de grès rouge avec un peu de latin autour. A
côté de cette maison, j'en aperçus une autre plus
petite. Des volets gris, le jardin derrière... Je la

reconnus tout de suite et j'entrai sans frapper.
Je reverrai toute ma vie ce long corridor frais et
calme, la muraille peinte en rose, le jardinet qui
tremblait au fond à travers un store de couleur
claire, et sur tous les panneaux des fleurs et des
violons fanés. Il me semblait que j'arrivais chez
quelque vieux bailli du temps de Sedaine... Au
bout du couloir, sur la gauche, par une porte
entr'ouverte, on entendait le tic tac d'une grosse
horloge et une voix d'enfant, mais d'enfant à
l'école, qui lisait en s'arrêtant à chaque syllabe :
« A... LORS... SAINT... I... RÉ... NÉE...
S'É... CRI... A... JE... SUIS... LE... FRO...
MENT... DU... SEI... GNEUR... IL...
FAUT... QUE... JE... SOIS... MOU...LU...
PAR... LA... DENT... DE... CES... A... NI...
MAUX. » Je m'approchai doucement de cette
porte et je regardai.

Dans le calme et le demi-jour d'une petite
chambre, un bon vieux à pommettes roses, ridé
jusqu'au bout des doigts, dormait au fond d'un
fauteuil, la bouche ouverte, les mains sur ses
genoux. A ses pieds une fillette habillée de bleu,
— grande pèlerine et petit béguin, le costume
des orphelines, — lisait la vie de saint Irénée
dans un livre plus gros qu'elle. Cette lecture
miraculeuse avait opéré sur toute la maison. Le

vieux dormait dans son fauteuil, les mouches au
plafond, les canaris dans leur cage, là-bas sur la
fenêtre. La grosse horloge ronflait, tic tac, tic
tac. Il n'y avait d'éveillé dans toute la chambre
qu'une grande bande de lumière qui tombait
droite et blanche entre les volets clos, pleine
d'étincelles vivantes et de valses microscopiques...
Au milieu de l'assoupissement général, l'enfant
continuait sa lecture d'un air grave : « AUS...SI...
TOT... DEUX... LIONS... SE... PRÉ...CI...
PI...TÈ...RENT... SUR... LUI... ET... LE...
DÉ...VO...RÈ...RENT. » C'est à ce moment
que j'entrai... Les lions de saint Irénée se précipitant dans la chambre n'y auraient pas produit
plus de stupeur que moi. Un vrai coup de théâtre !
La petite pousse un cri, le gros livre tombe, les
canaris, les mouches, se réveillent, la pendule
sonne, le vieux se dresse en sursaut, tout effaré,
et moi-même, un peu troublé, je m'arrête sur le
seuil en criant bien fort : « Bonjour, braves
gens, je suis l'ami de Maurice. »

Oh ! alors, si vous l'aviez vu, le pauvre vieux !
si vous l'aviez vu venir vers moi les bras tendus,
m'embrasser, me serrer les mains, courir égaré
dans la chambre en faisant : « Mon Dieu ! mon
Dieu !... » Toutes les rides de son visage riaient.
Il était rouge. Il bégayait : « Ah ! Monsieur,...

ah ! Monsieur... » Puis il allait vers le fond en appelant : « Mamette !... »

Une porte qui s'ouvre, un trot de souris dans le couloir... C'était Mamette. Rien de joli comme cette petite vieille avec son bonnet à coques, sa robe carmélite, et son mouchoir brodé qu'elle tenait à la main pour me faire honneur, à l'ancienne mode. Chose attendrissante ! ils se ressemblaient. Avec un tour et des coques jaunes, il aurait pu s'appeler Mamette, lui aussi. Seulement la vraie Mamette avait dû beaucoup pleurer dans sa vie, et elle était encore plus ridée que l'autre. Comme l'autre aussi, elle avait près d'elle une enfant de l'orphelinat, petite garde en pèlerine bleue, qui ne la quittait jamais ; et de voir ces vieillards protégés par ces orphelines, c'était ce qu'on peut imaginer de plus touchant.

En entrant, Mamette avait commencé par me faire une grande révérence, mais d'un mot le vieux lui coupa sa révérence en deux : « C'est l'ami de Maurice !... » Aussitôt la voilà qui tremble, qui pleure, qui perd son mouchoir, qui devient rouge, toute rouge, encore plus rouge que lui... Ces vieux ! ça n'a qu'une goutte de sang dans les veines, et à la moindre émotion elle leur saute au visage... « Vite, vite, une chaise ! » dit la vieille à sa petite. « Ouvre les volets ! » crie le

vieux à la sienne ; et, me prenant chacun par une
main, ils m'emmènent en trottinant jusqu'à la
fenêtre, qu'on a ouverte toute grande pour mieux
me voir. On approche les fauteuils, je m'installe
entre les deux sur un pliant, les petites bleues
derrière nous, et l'interrogatoire commence :
« Comment va-t-il? Qu'est-ce qu'il fait ? Pourquoi ne vient-il pas? Est-ce qu'il est content ? »
Et patati ! et patata ! Comme cela pendant des
heures.

Moi, je répondais de mon mieux à toutes
leurs questions, donnant sur mon ami les détails
que je savais, inventant effrontément ceux que je
ne savais pas, me gardant surtout d'avouer que
je n'avais jamais remarqué si ses fenêtres fermaient bien ou de quelle couleur était le papier
de sa chambre.

« Le papier de sa chambre !... Il est bleu, Madame, bleu clair, avec des guirlandes...

— Vraiment! » faisait la pauvre vieille attendrie, et elle ajoutait en se tournant vers son mari :
« C'est un si brave enfant!

— Oh ! oui, c'est un brave enfant ! » reprenait
l'autre avec enthousiasme ; et tout le temps que
je parlais, c'étaient entre eux des hochements de
tête, de petits rires fins, des clignements d'yeux,
des airs entendus, ou bien encore le vieux qui se

rapprochait pour me dire : « Parlez plus fort...
Elle a l'oreille un peu dure. » Et elle de son
côté : « Un peu plus haut, je vous prie... Il
n'entend pas très bien... » — Alors j'élevais la
voix, et tous deux me remerciaient d'un sourire ; et dans ces sourires fanés qui se penchaient
vers moi, cherchant jusqu'au fond de mes yeux
l'image de leur Maurice, moi, j'étais tout ému
de la retrouver, cette image, vague, voilée, presque insaisissable, comme si je voyais mon ami
me sourire, très loin, dans un brouillard.

Tout à coup le vieux se dresse sur son fauteuil :

« Mais j'y pense, Mamette,... il n'a peut-être
pas déjeuné ? »

Et Mamette, effarée, les bras au ciel :

« Pas déjeuné !... Grand Dieu ! »

Je croyais qu'il s'agissait encore de Maurice,
et j'allais répondre que ce brave enfant n'attendait jamais plus tard que midi pour se mettre
à table. Mais non, c'était bien de moi qu'on parlait, et il faut voir quel branle-bas quand j'avouai
que j'étais encore à jeun. « Vite le couvert, petites bleues ! La table au milieu de la chambre,
la nappe du dimanche, les assiettes à fleurs. Et
ne rions pas tant, s'il vous plaît, et dépêchons-
nous... » Je crois bien qu'elles se dépêchaient !

A peine le temps de casser trois assiettes, le
déjeuner se trouva servi.

« Un bon petit déjeuner, me disait Mamette
en me conduisant à table; seulement vous serez
tout seul... Nous autres, nous avons déjà mangé
ce matin. »

Ces pauvres vieux, à quelque heure qu'on les
prenne, ils ont toujours mangé le matin.

Le bon petit déjeuner de Mamette, c'était deux
doigts de lait, des dattes et une *barquette*, quelque chose comme un échaudé; de quoi la nourrir,
elle et ses canaris, au moins pendant huit jours...
Et dire qu'à moi seul je vins à bout de toutes ces
provisions! Aussi quelle indignation autour de
la table! Comme les petites bleues chuchotaient
en se poussant du coude, et là-bas, au fond de
leur cage, comme les canaris avaient l'air de se
dire : « Oh! ce monsieur qui mange toute la
barquette! »

Je la mangeai toute, en effet, et presque sans
m'en apercevoir, occupé que j'étais à regarder
autour de moi dans cette chambre claire et paisible où flottait comme une odeur de choses anciennes... Il y avait surtout deux petits lits dont
je ne pouvais pas détacher mes yeux. Ces lits,
presque deux berceaux, je me les figurais le
matin, au petit jour, quand ils sont encore en-

fouis sous leurs grands rideaux à franges. Trois
heures sonnent. C'est l'heure où tous les vieux
se réveillent : « Tu dors, Mamette? — Non, mon
ami. — N'est-ce pas que Maurice est un brave
enfant? — Oh! oui, c'est un brave enfant! »

Et j'imaginais comme cela toute une causerie,
rien que pour avoir vu ces deux petits lits de
vieux, dressés l'un à côté de l'autre...

Pendant ce temps un drame terrible se passait
à l'autre bout de la chambre, devant l'armoire.
Il s'agissait d'atteindre là-haut, sur le dernier
rayon, certain bocal de cerises à l'eau-de-vie qui
attendait Maurice depuis dix ans et dont on voulait me faire faire l'ouverture. Malgré les suppli-
cations de Mamette, le vieux avait tenu à aller
chercher ses cerises lui-même; et, monté sur une
chaise au grand effroi de sa femme, il essayait
d'arriver là-haut... Vous voyez le tableau d'ici :
le vieux qui tremble et qui se hisse, les petites
bleues cramponnées à sa chaise, Mamette derrière lui haletante, les bras tendus, et sur tout
cela un léger parfum de bergamote qui s'exhale
de l'armoire ouverte et des grandes piles de linge
roux... C'était charmant.

Enfin, après bien des efforts, on parvint à le
tirer de l'armoire, ce fameux bocal, et avec lui
une vieille timbale d'argent toute bosselée, la

timbale de Maurice quand il était petit. On me
la remplit de cerises jusqu'au bord; Maurice les
aimait tant, les cerises! Et, tout en me servant, le
vieux me disait à l'oreille d'un air de gourmandise : « Vous êtes bien heureux, vous, de pouvoir en manger... C'est ma femme qui les a
faites... Vous allez goûter quelque chose de
bon. »

Hélas! sa femme les avait faites, mais elle avait
oublié de les sucrer. Que voulez-vous? on devient distrait en vieillissant. Elles étaient atroces,
vos cerises, ma pauvre Mamette,... mais cela ne
m'empêcha pas de les manger jusqu'au bout, sans
sourciller.

Le repas terminé, je me levai pour prendre
congé de mes hôtes. Ils auraient bien voulu me
garder encore un peu pour causer du brave enfant; mais le jour baissait, le moulin était loin, il
fallait partir.

Le vieux s'était levé en même temps que moi :
« Mamette, mon habit!... je veux le conduire
jusqu'à la place. » Bien sûr qu'au fond d'elle-
même Mamette trouvait qu'il faisait déjà un peu
frais pour me conduire jusqu'à la place ; mais elle
n'en laissa rien paraître. Seulement, pendant
qu'elle l'aidait à passer les manches de son habit,

un bel habit tabac d'Espagne à boutons de nacre, j'entendais la chère créature qui lui disait doucement : « Tu ne rentreras pas trop tard, n'est-ce pas ? » Et lui d'un petit air malin : « Hé ! hé !... je ne sais pas,... peut-être... » Là-dessus, ils se regardaient en riant, et les petites bleues riaient de les voir rire, et dans leur coin les canaris riaient aussi à leur manière. Entre nous, je crois que l'odeur des cerises les avait tous un peu grisés.

... La nuit tombait quand nous sortîmes, le grand-père et moi. La petite bleue nous suivait de loin pour le ramener; mais lui ne la voyait pas, et il était tout fier de marcher à mon bras, comme un homme. Mamette, rayonnante, voyait cela du pas de sa porte, et elle avait en nous regardant de jolis petits hochements de tête qui semblaient dire : « Tout de même, mon pauvre homme !... il marche encore. »

LES DEUX AUBERGES [1]

C'ÉTAIT en revenant de Nîmes, une après-midi de juillet. Il faisait une chaleur accablante. A perte de vue, la route blanche, embrasée, poudroyait entre des jardins d'oliviers et de petits chênes, sous un grand soleil d'argent mat qui remplissait tout le ciel. Pas une tache d'ombre, pas un souffle de vent. Rien que la vibration de l'air chaud et le cri strident des cigales, musique folle, assourdissante, à temps pressés, qui semble la sonorité même de cette immense vibration lumineuse... Je marchais en plein désert depuis deux heures, quand tout à coup, devant moi, un groupe de maisons blanches se dégagea de la poussière de la route. C'était ce qu'on appelle le Relais de saint Vincent : cinq ou six *mas,* de longues

1. *Lettres de mon moulin.*

granges à toiture rouge, un abreuvoir sans eau
dans un bouquet de figuiers maigres, et tout au
bout du pays deux grandes auberges qui se regardent face à face de chaque côté du chemin.

Le voisinage de ces auberges avait quelque
chose de saisissant. D'un côté, un grand bâtiment neuf, plein de vie, d'animation, toutes les
portes ouvertes, la diligence arrêtée devant, les
chevaux fumants qu'on dételait, les voyageurs
descendus buvant à la hâte, sur la route, dans
l'ombre courte des murs ; la cour encombrée de
mulets, de charrettes ; des rouliers couchés sous
les hangars en attendant *la fraîche*. A l'intérieur,
des cris, des jurons, des coups de poing sur les
tables, le choc des verres, le fracas des billards,
les bouchons de limonade qui sautaient, et,
dominant tout ce tumulte, une voix joyeuse,
éclatante, qui chantait à faire trembler les vitres :

La belle Margoton
Tant matin s'est levée,
A pris son broc d'argent,
A l'eau s'en est allée...

L'auberge d'en face, au contraire, était silencieuse et comme abandonnée. De l'herbe sous le
portail, des volets cassés, sur la porte un rameau
de petit houx tout rouillé qui pendait comme un

vieux panache, les marches du seuil calées avec
des pierres de la route... Tout cela si pauvre, si
pitoyable, que c'était une charité vraiment de
s'arrêter là pour boire un coup.

En entrant, je trouvai une longue salle déserte
et morne que le jour éblouissant de trois grandes
fenêtres sans rideaux faisait plus morne et plus
déserte encore. Quelques tables boiteuses où
traînaient des verres ternis par la poussière, un
billard crevé qui tendait ses quatre blouses comme
des sébiles, un divan jaune, un vieux comptoir,
dormaient là dans une chaleur malsaine et lourde.
Et des mouches ! des mouches ! jamais je n'en
avais tant vu : sur le plafond, collées aux vitres,
dans les verres, par grappes... Quand j'ouvris la
porte, ce fut un bourdonnement, un frémissement d'ailes comme si j'entrais dans une ruche.

Au fond de la salle, dans l'embrasure d'une
croisée, il y avait une femme debout contre la
vitre, très occupée à regarder dehors. Je l'appe-
lai deux fois : « Hé ! l'hôtesse ! » Elle se retourna
lentement, et me laissa voir une pauvre figure de
paysanne, ridée, crevassée, couleur de terre, encadrée dans de longues barbes de dentelle rousse
comme en portent les vieilles de chez nous.
Pourtant ce n'était pas une vieille femme ; mais
les larmes l'avaient toute fanée.

« Qu'est-ce que vous voulez ? me demanda-t-elle en essuyant ses yeux.

— M'asseoir un moment et boire quelque chose... »

Elle me regarda très étonnée, sans bouger de place, comme si elle ne comprenait pas.

« Ce n'est donc pas une auberge ici ? »

La femme soupira : « Si,... c'est une auberge, si vous voulez... Mais pourquoi n'allez-vous pas en face comme les autres ? c'est bien plus gai...

— C'est trop gai pour moi... J'aime mieux rester chez vous. » Et, sans attendre sa réponse, je m'installai devant une table.

Quand elle fut bien sûre que je parlais sérieusement, l'hôtesse se mit à aller et venir d'un air très affairé, ouvrant des tiroirs, remuant des bouteilles, essuyant les verres, dérangeant les mouches... On sentait que ce voyageur à servir était tout un événement. Par moments la malheureuse s'arrêtait et se prenait la tête comme si elle désespérait d'en venir à bout.

Puis elle passait dans la pièce du fond ; je l'entendais remuer de grosses clefs, tourmenter des serrures, fouiller dans la huche au pain, souffler, épousseter, laver des assiettes. De temps en temps un gros soupir, un sanglot mal étouffé.

Après un quart d'heure de ce manège, j'eus

devant moi une assiettée de *passerilles* (raisins
secs), un vieux pain de Beaucaire aussi dur que
du grès, et une bouteille de piquette. « Vous êtes
servi », dit l'étrange créature, et elle retourna
bien vite prendre sa place devant la fenêtre.

Tout en buvant j'essayai de la faire causer :
« Il ne vous vient pas souvent du monde, n'est-
ce pas, ma pauvre femme ?

— Oh ! non, Monsieur, jamais personne...
Quand nous étions seuls dans le pays, c'était
différent ; nous avions le relais, des repas de
chasse pendant le temps des macreuses, des
voituriers toute l'année ;... mais, depuis que les
voisins sont venus s'établir, nous avons tout
perdu... Le monde aime mieux aller en face.
Chez nous, on trouve que c'est trop triste... Le
fait est que la maison n'est pas bien agréable. Je
ne suis pas belle, j'ai les fièvres, mes deux petites
sont mortes... Là-bas, au contraire, on rit tout
le temps. C'est une Arlésienne qui tient l'auberge, une belle femme avec des dentelles et
trois tours de chaîne d'or au cou. Le conducteur,
qui est son amant, lui amène la diligence. Avec
ça un tas d'enjôleuses pour chambrières... Aussi,
il lui en vient de la pratique. Elle a toute la
jeunesse de Bezouces, de Redessan, de Jon-
quières. Les rouliers font un détour pour passer

par chez elle... Moi, je reste ici tout le jour, sans personne, à me consumer. »

Elle disait cela d'une voix distraite, indifférente, le front toujours appuyé contre la vitre. Il y avait évidemment dans l'auberge d'en face quelque chose qui la préoccupait.

Tout à coup, de l'autre côté de la route, il se fit un grand mouvement. La diligence s'ébranlait dans la poussière. On entendit des coups de fouet, les fanfares du postillon, les filles accourues sur la porte qui criaient : « Adiousias !... adiousias ! » et par là-dessus la formidable voix de tantôt reprenant de plus belle :

> A pris son broc d'argent,
> A l'eau s'en est allée ;
> De là n'a vu venir
> Trois chevaliers d'armée...

A cette voix, l'hôtesse frissonna de tout son corps, et, se tournant vers moi : « Entendez-vous ? me dit-elle tout bas, c'est mon mari... N'est-ce pas qu'il chante bien ? »

Je la regardai, stupéfait : « Comment ! votre mari ?... Il va donc là-bas, lui aussi ? »

Alors elle, d'un air navré, mais avec une grande douceur : « Qu'est-ce que vous voulez, Monsieur ? Les hommes sont comme ça, ils

n'aiment pas voir pleurer; et moi, je pleure toujours depuis la mort des petites... Puis c'est si
triste cette grande baraque où il n'y a jamais
personne!... Alors, quand il s'ennuie trop, mon
pauvre José va boire en face, et, comme il a une
belle voix, l'Arlésienne le fait chanter. Chut!...
le voilà qui recommence. »

Et, tremblante, les mains en avant, avec de
grosses larmes qui la faisaient encore plus laide,
elle était là comme en extase devant la fenêtre, à
écouter son José chanter pour l'Arlésienne :

> Le premier lui a dit :
> Bonjour, belle mignonne.

LA MULE DU PAPE[1]

E tous les jolis dictons, proverbes ou adages dont nos paysans de Provence passementent leurs discours, je n'en sais pas un plus pittoresque ni plus singulier que celui-ci. A quinze lieues autour de mon moulin, quand on parle d'un homme rancunier, vindicatif, on dit : « Cet homme-là, méfiez-vous !... Il est comme la mule du pape, qui garde sept ans son coup de pied. »

J'ai cherché bien longtemps d'où ce proverbe pouvait venir, ce que c'était que cette mule papale et ce coup de pied gardé pendant sept ans. Personne ici n'a pu me renseigner à ce sujet, pas même Francet Mamaï, mon joueur de fifre, qui connaît pourtant son légendaire provençal

---

1. *Lettres de mon moulin.*

sur le bout du doigt. Francet pense, comme moi, qu'il y a là-dessous quelque ancienne chronique du pays d'Avignon ; mais il n'en a jamais entendu parler autrement que par le proverbe... « Vous ne trouverez cela qu'à la bibliothèque des Cigales », m'a dit le vieux fifre en riant. L'idée m'a paru bonne, et, comme la bibliothèque des Cigales est à ma porte, je suis allé m'y enfermer pendant huit jours.

C'est une bibliothèque merveilleuse, admirablement montée, ouverte aux poètes jour et nuit et desservie par de petits bibliothécaires à cymbales qui vous font de la musique tout le temps. J'ai passé là quelques journées délicieuses, et, après une semaine de recherches — sur le dos, — j'ai fini par découvrir ce que je voulais, c'est-à-dire l'histoire de ma mule et de ce fameux coup de pied gardé pendant sept ans. Le conte en est joli quoique un peu naïf, et je vais essayer de vous le dire tel que je l'ai lu hier matin dans un manuscrit couleur du temps, qui sentait bon la lavande sèche et avait de grands fils de la Vierge pour signets.

Qui n'a pas vu Avignon du temps des papes n'a rien vu. Pour la gaieté, la vie, l'animation, le train des fêtes, jamais une ville pareille. C'était

du matin au soir des processions, des pèlerina-
ges, les rues jonchées de fleurs, tapissées de
hautes lices, des arrivages de cardinaux par le
Rhône, bannières au vent, galères pavoisées, les
soldats du pape qui chantaient du latin sur les
places, les crécelles des frères quêteurs ; puis, du
haut en bas des maisons qui se pressaient en
bourdonnant autour du grand palais papal comme
des abeilles autour de leur ruche, c'était encore
le tic tac des métiers à dentelles, le va-et-vient
des navettes tissant l'or des chasubles, les petits
marteaux des ciseleurs de burettes, les tables
d'harmonie qu'on ajustait chez les luthiers, les
cantiques des ourdisseuses ; — par là-dessus le
bruit des cloches, et toujours quelques tambourins qu'on entendait ronfler, là-bas, du côté
du pont. Car chez nous, quand le peuple est
content, il faut qu'il danse, il faut qu'il danse ;
et, comme en ce temps-là les rues de la ville
étaient trop étroites pour la farandole, fifres et
tambourins se postaient sur le pont d'Avignon,
au vent frais du Rhône, et jour et nuit l'on y
dansait, l'on y dansait... Ah ! l'heureux temps !
l'heureuse ville ! Des hallebardes qui ne coupaient
pas ; des prisons d'État où l'on mettait le vin à
rafraîchir. Jamais de disette, jamais de guerre !
Voilà comment les papes du Comtat savaient

gouverner leur peuple ; voilà pourquoi leur peuple les a tant regrettés !

Il y en a un surtout, un bon vieux, qu'on appelait Boniface... Oh! celui-là, que de larmes on
a versées en Avignon quand il est mort! C'était
un prince si aimable, si avenant ; il vous riait si
bien du haut de sa mule, et, quand vous passiez
près de lui, — fussiez-vous un pauvre petit tireur
de garance ou le grand viguier de la ville, — il
vous donnait sa bénédiction si poliment ! Un
vrai pape d'Yvetot, mais d'un Yvetot de Provence,
avec quelque chose de fin dans le rire, un brin
de marjolaine à sa barrette, et pas la moindre
Jeanneton. La seule Jeanneton qu'on lui ait
jamais connue, à ce bon père, c'était sa vigne, —
une petite vigne qu'il avait plantée lui-même, à
trois lieues d'Avignon, dans les myrtes de Châ-
teauneuf.

Tous les dimanches, en sortant de vêpres, le
digne homme allait lui faire sa cour ; et quand il
était là-haut, assis au bon soleil, sa mule près
de lui, ses cardinaux tout autour, étendus au
pied des souches, alors il faisait déboucher un
flacon de vin du cru, — ce beau vin couleur de
rubis qui s'est appelé depuis le Château-Neuf-
des-Papes, — et il le dégustait par petits coups
en regardant sa vigne d'un air attendri. Puis, le

flacon vidé, le jour tombant, il rentrait joyeusement à la ville, suivi de tout son chapitre; et,
lorsqu'il passait sur le pont d'Avignon, au milieu
des tambours et des farandoles, sa mule, mise en
train par la musique, prenait un petit amble
sautillant, tandis que lui-même il marquait le pas
de la danse avec sa barrette, ce qui scandalisait
fort ses cardinaux, mais faisait dire à tout le
peuple : « Ah! le bon prince! Ah! le brave
pape! »

Après sa vigne de Château-Neuf, ce que le
pape aimait le plus au monde, c'était sa mule. Le
bonhomme en raffolait, de cette bête-là. Tous les
soirs, avant de se coucher, il allait voir si son
écurie était bien fermée, si rien ne manquait dans
sa mangeoire, et jamais il ne se serait levé de table
sans faire préparer sous ses yeux un grand bol de
vin à la française, avec beaucoup de sucre et
d'aromates, qu'il allait lui porter lui-même, malgré les observations de ses cardinaux... Il faut
dire aussi que la bête en valait la peine. C'était
une belle mule noire mouchetée de rouge, le pied
sûr, le poil luisant, la croupe large et pleine, —
portant fièrement sa petite tête sèche toute harnachée de pompons, de nœuds, de grelots d'argent, de bouffettes; de plus, douce comme un

ange, l'œil naïf, et deux longues oreilles toujours
en branle, qui lui donnaient l'air bon enfant...
Tout Avignon la respectait, et, quand elle allait
dans les rues, il n'y avait pas de bonnes manières
qu'on ne lui fît : car chacun savait que c'était le
plus sûr moyen d'être bien en cour, et qu'avec
son air innocent la mule du pape en avait mené
plus d'un à la fortune, à preuve Tistet Védène et
sa prodigieuse aventure.

Ce Tistet Védène était, dans le principe, un
effronté galopin, que son père, Guy Védène, le
sculpteur d'or, avait été obligé de chasser de chez
lui, parce qu'il ne voulait rien faire et débauchait
les apprentis. Pendant six mois on le vit traîner
sa jaquette dans tous les ruisseaux d'Avignon,
mais principalement du côté de la maison papale :
car le drôle avait depuis longtemps son idée sur
la mule du pape, et vous allez voir que c'était
quelque chose de malin... Un jour que Sa Sain-
teté se promenait toute seule sous les remparts
avec sa bête, voilà mon Tistet qui l'aborde, et
lui dit en joignant les mains d'un air d'admiration : «Ah! mon Dieu! grand Saint-Père, quelle
brave mule vous avez là !... Laissez un peu que
je la regarde... Ah! mon pape, la belle mule !...
L'empereur d'Allemagne n'en a pas une pareille. » — Et il la caressait, et il lui parlait douce-

ment comme à une demoiselle : « Venez çà, mon
bijou, mon trésor, ma perle fine... » Et le bon
pape, tout ému, se disait dans lui-même : « Quel
bon petit garçonnet !... Comme il est gentil
avec ma mule ! » Et puis, le lendemain, savez-
vous ce qu'il arriva ? Tistet Védène troqua sa
vieille jaquette jaune contre une belle aube de
dentelle, un camail de soie violette, des souliers
à boucles, et il entra dans la maîtrise du pape, où
jamais avant lui on n'avait reçu que des fils de
nobles et des neveux de cardinaux. Voilà ce que
c'est que l'intrigue !... Mais Tistet ne s'en tint
pas là.

Une fois au service du pape, le drôle continua
le jeu qui lui avait si bien réussi. Insolent avec
tout le monde, il n'avait d'attentions ni de prévenances que pour la mule, et toujours on le rencontrait par les cours du palais avec une poignée
d'avoine ou une bottelée de sainfoin, dont il secouait gentiment les grappes roses en regardant
le balcon du Saint-Père d'un air de dire :
« Hein !... pour qui ça ?... » Tant et tant qu'à la
fin le bon pape, qui se sentait devenir vieux, en
arriva à lui laisser le soin de veiller sur l'écurie et
de porter à la mule son bol de vin à la française ;
ce qui ne faisait pas rire les cardinaux.

Ni la mule non plus, cela ne la faisait pas
rire... Maintenant, à l'heure de son vin, elle
voyait toujours arriver chez elle cinq ou six
petits clercs de maîtrise qui se fourraient vite dans
la paille avec leurs camails et leurs dentelles ; puis,
au bout d'un moment, une bonne odeur chaude
de caramel et d'aromates emplissait l'écurie, et
Tistet Védène apparaissait portant avec précau-
tion le bol de vin à la française. Alors le martyre
de la pauvre bête commençait.

Ce vin parfumé qu'elle aimait tant, qui lui tenait chaud, qui lui mettait des ailes, on avait la
cruauté de le lui apporter, là, dans sa mangeoire,
de le lui faire respirer ; puis, quand elle en avait
les narines pleines, passe, je t'ai vu ! La belle
liqueur de flamme rose s'en allait toute dans le
gosier de ces garnements... Et encore s'ils n'a-
vaient fait que lui voler son vin ; mais c'étaient
comme des diables, tous ces petits clercs, quand
ils avaient bu !... L'un lui tirait les oreilles,
l'autre la queue ; Quiquet lui montait sur le dos,
Béluguet lui essayait sa barrette, et pas un de ces
galopins ne songeait que d'un coup de reins ou
d'une ruade la brave bête aurait pu les envoyer
tous dans l'étoile polaire, et même plus loin...
Mais non ! On n'est pas pour rien la mule du
pape, la mule des bénédictions et des indulgences.

Les enfants avaient beau faire, elle ne se fâchait pas ; et ce n'est qu'à Tistet Védène qu'elle en voulait. Celui-là, par exemple, quand elle le sentait derrière elle, son sabot lui démangeait, et vraiment il y avait bien de quoi. Ce vaurien de Tistet lui jouait de si vilains tours ! il avait de si cruelles inventions après boire !...

Est-ce qu'un jour il ne s'avisa pas de la faire monter avec lui dans le clocheton de la maîtrise, là-haut, tout là-haut, à la pointe du palais ! Et ce que je vous dis là n'est pas un conte, deux cent mille Provençaux l'ont vu. Vous figurez-vous la terreur de cette malheureuse mule, lorsque, après avoir tourné pendant une heure à l'aveuglette dans un escalier en colimaçon et grimpé je ne sais combien de marches, elle se trouva tout à coup sur une plate-forme éblouissante de lumière, et qu'à mille pieds au-dessous d'elle elle aperçut tout un Avignon fantastique, les baraques du marché pas plus grosses que des noisettes, les soldats du pape devant leur caserne comme des fourmis rouges, et là-bas, sur un fil d'argent, un petit pont microscopique où l'on dansait, où l'on dansait?... Ah ! pauvre bête ! quelle panique ! Du cri qu'elle en poussa, toutes les vitres du palais tremblèrent.

« Qu'est-ce qu'il y a ? qu'est-ce qu'on lui

fait? » s'écria le bon pape en se précipitant sur son balcon.

Tistet Védène était déjà dans la cour, faisant mine de pleurer et de s'arracher les cheveux : « Ah ! grand Saint-Père, ce qu'il y a !... Il y a que votre mule... Mon Dieu ! qu'allons-nous devenir ?... Il y a que votre mule est montée dans le clocheton...

— Toute seule ?

— Oui, grand Saint-Père, toute seule... Tenez ! regardez-la là-haut... Voyez-vous le bout de ses oreilles qui passe?... On dirait deux hirondelles !...

— Miséricorde ! fit le pauvre pape en levant les yeux... Mais elle est donc devenue folle ! Mais elle va se tuer... Veux-tu bien descendre, malheureuse !... »

Pécaïré ! elle n'aurait pas mieux demandé, elle, que de descendre ; mais par où ? L'escalier, il n'y fallait pas songer : ça se monte encore, ces choses-là ; mais à la descente, il y aurait de quoi se rompre cent fois les jambes... Et la pauvre mule se désolait, et, tout en rôdant sur la plate-forme avec ses gros yeux pleins de vertige, elle pensait à Tistet Védène :

« Ah ! bandit, si j'en réchappe,... quel coup de sabot demain matin ! »

Cette idée de coup de sabot lui redonnait un
peu de cœur aux jambes ; sans cela elle n'aurait
pas pu se tenir... Enfin on parvint à la tirer de
là-haut, mais ce fut toute une affaire. Il fallut la
descendre avec un cric, des cordes, une civière.
Et vous pensez quelle humiliation pour la mule
d'un pape de se voir pendue à cette hauteur, na-
geant des pattes dans le vide comme un hanneton
au bout d'un fil ! Et tout Avignon qui la regardait !

La malheureuse bête n'en dormit pas de la
nuit. Il lui semblait toujours qu'elle tournait sur
cette maudite plate-forme, avec les rires de la
ville au-dessous. Puis elle pensait à cet infâme
Tistet Védène et au joli coup de sabot qu'elle
allait lui détacher le lendemain matin. Ah ! mes
amis, quel coup de sabot ! De Pampelune on en
verrait la fumée... Or, pendant qu'on lui préparait cette belle réception à l'écurie, savez-vous ce
que faisait Tistet Védène ? Il descendait le Rhône
en chantant sur une galère papale, et s'en allait
à la cour de Naples avec la troupe de jeunes
nobles que la ville envoyait tous les ans près de
la reine Jeanne, pour s'exercer à la diplomatie et
aux belles manières. Tistet n'était pas noble ;
mais le pape tenait à le récompenser des soins
qu'il avait donnés à sa bête, et principalement de

l'activité qu'il venait de déployer pendant la
journée du sauvetage.

C'est la mule qui fut désappointée le lendemain ! « Ah ! le bandit ! il s'est douté de quelque
chose !... pensait-elle en secouant ses grelots
avec fureur ;... mais c'est égal, va, mauvais ! tu
le retrouveras au retour, ton coup de sabot :... je
te le garde. » Et elle le lui garda.

Après le départ de Tistet, la mule du pape re-
trouva son train de vie tranquille et ses allures
d'autrefois. Plus de Quiquet, plus de Béluguet
à l'écurie. Les beaux jours du vin à la française
étaient revenus, et avec eux la bonne humeur,
les longues siestes, et le petit pas de gavotte
quand elle passait sur le pont d'Avignon. Pourtant, depuis son aventure, on lui marquait toujours un peu de froideur dans la ville. Il y avait
des chuchotements sur sa route ; les vieilles gens
hochaient la tête, les enfants riaient en se montrant le clocheton. Le bon pape lui-même n'avait
plus autant de confiance en son amie, et, lorsqu'il se laissait aller à faire un petit somme sur
son dos, le dimanche, en revenant de la vigne, il
gardait toujours cette arrière-pensée : « Si j'allais
me réveiller là-haut, sur la plate-forme ! » La
mule voyait cela, et elle en souffrait, sans rien
dire ; seulement, quand on prononçait le nom de

Tistet Védène devant elle, ses longues oreilles frémissaient, et elle aiguisait avec un petit rire le fer de ses sabots sur le pavé...

Sept ans se passèrent ainsi; puis, au bout de ces années, Tistet Védène revint de la cour de Naples. Son temps n'était pas encore fini là-bas; mais il avait appris que le premier moutardier du pape venait de mourir subitement en Avignon, et, comme la place lui semblait bonne, il était arrivé en grande hâte pour se mettre sur les rangs.

Quand cet intrigant de Védène entra dans la salle du palais, le Saint-Père eut peine à le reconnaître, tant il avait grandi et pris du corps. Il faut dire aussi que le bon pape s'était fait vieux de son côté, et qu'il n'y voyait pas bien sans besicles.

Tistet ne s'intimida pas :

« Comment! grand Saint-Père, vous ne me reconnaissez plus?... C'est moi, Tistet Védène!...

— Védène?...

— Mais oui, vous savez bien,... celui qui portait le vin français à votre mule.

— Ah! oui,... oui,... je me rappelle... Un bon petit garçonnet, ce Tistet Védène... Et maintenant qu'est-ce qu'il veut de nous?

— Oh! peu de chose, grand Saint-Père... Je

venais vous demander... A propos, est-ce que
vous l'avez toujours, votre mule ? Et elle va
bien ?... Ah ! tant mieux !... Je venais vous demander la place du premier moutardier, qui vient
de mourir.

— Premier moutardier, toi !... Mais tu es trop
jeune. Quel âge as-tu donc ?

— Vingt ans deux mois, illustre pontife, juste
cinq ans de plus que votre mule... Ah ! palme de
Dieu !... la brave bête !... Si vous saviez comme
je l'aimais, cette mule-là,... comme je me suis
langui d'elle en Italie !... Est-ce que vous ne me
la laisserez pas voir ?...

— Si, mon enfant, tu la verras, fit le bon pape
tout ému... Et, puisque tu l'aimes tant, cette
brave bête, je ne veux plus que tu vives loin
d'elle. Dès ce jour je t'attache à ma personne en
qualité de premier moutardier... Mes cardinaux
crieront, mais tant pis ! j'y suis habitué... Viens
nous trouver demain, à la sortie de vêpres, nous
te remettrons les insignes de ton grade en présence de notre chapitre, et puis... je te mènerai
voir la mule, et tu viendras à la vigne avec nous
deux,... hé ! hé ! Allons ! va... »

Si Tistet Védène était content en sortant de la
grande salle, avec quelle impatience il attendit la
cérémonie du lendemain, je n'ai pas besoin de

vous le dire. Pourtant il y avait dans le palais quelqu'un de plus heureux encore et de plus impatient que lui : c'était la mule. Depuis le retour de Védène jusqu'aux vêpres du jour suivant, la terrible bête ne cessa de se bourrer d'avoine et de tirer au mur avec ses sabots de derrière. Elle aussi se préparait pour la cérémonie...

Et donc, le lendemain, lorsque vêpres furent dites, Tistet Védène fit son entrée dans la cour du palais papal. Tout le haut clergé était là, les cardinaux en robes rouges, l'avocat du diable en velours noir, les abbés de couvent avec leurs petites mitres, les marguilliers de Saint-Agricol, les camails violets de la maîtrise, le bas clergé aussi, les soldats du pape en grand uniforme, les trois confréries de pénitents, les ermites du mont Ventoux avec leurs mines farouches et le petit clerc qui va derrière en portant la clochette, les frères flagellants, nus jusqu'à la ceinture, les sacristains fleuris en robes de juges, tous, tous, jusqu'aux donneurs d'eau bénite, et celui qui allume, et celui qui éteint : il n'y en avait pas un qui manquât... Ah ! c'était une belle ordination ! Des cloches, des pétards, du soleil, de la musique, et toujours ces enragés tambourins qui menaient la danse, là-bas, sur le pont d'Avignon.

Quand Védène parut au milieu de l'assemblée,

sa prestance et sa belle mine y firent courir un
murmure d'admiration. C'était un magnifique
Provençal, mais des blonds, avec de grands cheveux frisés au bout et une petite barbe follette
qui semblait prise aux copeaux de fin métal tombés du burin de son père, le sculpteur d'or. Le
bruit courait que dans cette barbe blonde les
doigts de la reine Jeanne avaient quelquefois
joué ; et le sire de Védène avait bien, en effet, l'air
glorieux et le regard distrait des hommes que les
reines ont aimés. Ce jour-là, pour faire honneur
à sa nation, il avait remplacé ses vêtements napo-
litains par une jaquette bordée de rose à la Pro-
vençale, et sur son chaperon tremblait une grande
plume d'ibis de Camargue.

Sitôt entré, le premier moutardier salua d'un
air galant, et se dirigea vers le haut perron, où
le pape l'attendait pour lui remettre les insignes
de son grade : la cuiller de buis jaune et l'habit
de safran. La mule était au bas de l'escalier, toute
harnachée et prête à partir pour la vigne...
Quand il passa près d'elle, Tistet Védène eut un
bon sourire et s'arrêta pour lui donner deux ou
trois petites tapes amicales sur le dos, en regardant du coin de l'œil si le pape le voyait. La
position était bonne. La mule prit son élan :
« Tiens ! attrape, bandit ! Voilà sept ans que je

te le garde ! » Et elle vous lui détacha un coup
de sabot si terrible, si terrible, que de Pampelune même on en vit la fumée, un tourbillon de
fumée blonde où voltigeait une plume d'ibis,
tout ce qui restait de l'infortuné Tistet Védène.

Les coups de pied de mule ne sont pas aussi
foudroyants d'ordinaire ; mais celle-ci était une
mule papale ; et puis, pensez donc ! elle le lui
gardait depuis sept ans. Il n'y a pas de plus bel
exemple de rancune ecclésiastique.

L'ÉLIXIR DU R. P. GAUCHER [1]

BUVEZ ceci, mon voisin ; vous m'en direz des nouvelles. »

Et, goutte à goutte, avec le soin minutieux d'un lapidaire comptant des perles, le curé de Graveson me versa deux doigts d'une liqueur verte, dorée, chaude, étincelante, exquise... J'en eus l'estomac tout ensoleillé.

« C'est l'élixir du père Gaucher, la joie et la santé de notre Provence, me fit le brave homme d'un air triomphant ; on le fabrique au couvent des Prémontrés, à deux lieues de votre moulin... N'est-ce pas que cela vaut bien toutes les char-treuses du monde ?... Et si vous saviez comme elle est amusante, l'histoire de cet élixir !... Écoutez plutôt... »

1. *Lettres de mon moulin.*

Alors, tout naïvement, sans y entendre malice, dans cette salle à manger de presbytère si candide et si calme avec son Chemin de la croix en petits tableaux et ses jolis rideaux clairs empesés comme des surplis, l'abbé me commença une historiette légèrement sceptique et irrévérencieuse, à la façon d'un conte d'Érasme ou de d'Assoucy :

Il y a vingt ans, les Prémontrés, ou plutôt les pères blancs, comme les appellent nos Proven-çaux, étaient tombés dans une grande misère ; si vous aviez vu leur maison de ce temps-là, elle vous aurait fait peine.

Le grand mur, la tour Pacôme, s'en allaient en morceaux. Tout autour du cloître rempli d'her-bes, les colonnettes se fendaient, les saints de pierre croulaient dans leurs niches. Pas un vitrail debout, pas une porte qui tînt. Dans les préaux, dans les chapelles, le vent du Rhône soufflait comme en Camargue, éteignant les cierges, cas-sant le plomb des vitrages, chassant l'eau des bénitiers. Mais le plus triste de tout, c'était le clocher du couvent, silencieux comme un pigeon-nier vide ; et les pères, faute d'argent pour s'acheter une cloche, obligés de sonner matines avec des cliquettes de bois d'amandier.

Pauvres pères blancs ! je les vois encore, à la

procession de la Fête-Dieu, défilant tristement
dans leurs capes rapiécées, pâles, maigres,
nourris de *citres* et de pastèques, et derrière eux
monseigneur l'abbé, qui venait la tête basse,
tout honteux de montrer au soleil sa crosse
dédorée et sa mitre de laine blanche mangée des
vers. Les dames de la confrérie en pleuraient de
pitié dans les rangs, et les gros porte-bannières
ricanaient entre eux tout bas en se montrant les
pauvres moines : « Les étourneaux vont maigres
quand ils vont en troupes. » Le fait est que les
infortunés pères blancs en étaient arrivés eux-
mêmes à se demander s'ils ne feraient pas mieux
de prendre leur vol à travers le monde et de
chercher pâture chacun de son côté.

Or, un jour que cette grave question se débattait dans le chapitre, on vint annoncer au prieur
que le frère Gaucher demandait à être entendu
au conseil... Vous saurez pour votre gouverne
que ce frère Gaucher était le bouvier du couvent;
c'est-à-dire qu'il passait ses journées à rouler
d'arcade en arcade dans le cloître, en poussant
devant lui deux vaches étiques qui cherchaient
l'herbe aux fentes des pavés. Nourri jusqu'à
douze ans par une vieille folle du pays des
Baux, qu'on appelait tante Bégon, recueilli

depuis chez les moines, le malheureux bouvier n'avait jamais pu rien apprendre qu'à conduire ses bêtes et à réciter son *Pater noster*; encore le disait-il en provençal, car il avait la cervelle dure et l'esprit fin comme une dague de plomb. Fervent chrétien, du reste, quoique un peu visionnaire, à l'aise sous le cilice et se donnant la discipline avec une conviction robuste et des bras!...

Quand on le vit entrer dans la salle du chapitre, simple et balourd, saluant l'assemblée la jambe en arrière, prieur, chanoines, argentier, tout le monde se mit à rire. C'était toujours l'effet que produisait, quand elle arrivait quelque part, cette bonne face grisonnante avec sa barbe de chèvre et ses yeux un peu fous ; aussi le frère Gaucher ne s'émut pas.

« Mes révérends, fit-il d'un ton bonasse en tortillant son chapelet de noyaux d'olives, on a bien raison de dire que ce sont les tonneaux vides qui chantent le mieux. Figurez-vous qu'à force de creuser ma pauvre tête déjà si creuse, je crois que j'ai trouvé le moyen de nous tirer tous de peine.

« Voici comment. Vous savez bien tante Bégon, cette brave femme qui me gardait quand j'étais petit (Dieu ait son âme, la vieille coquine! elle chantait de bien vilaines chansons après

boire). Je vous dirai donc, mes révérends pères,
que tante Bégon, de son vivant, se connaissait
aux herbes de montagne autant et mieux qu'un
vieux merle de Corse. Voire elle avait composé
sur la fin de ses jours un élixir incomparable, en
mélangeant cinq ou six espèces de simples que
nous allions cueillir ensemble dans les Alpilles.
Il y a de belles années de cela ; mais je pense
qu'avec l'aide de saint Augustin et la permission
de notre père abbé je pourrais, — en cherchant
bien, — retrouver la composition de ce mystérieux
élixir. Nous n'aurons plus alors qu'à le mettre
en bouteilles et à le vendre un peu cher, ce qui
permettrait à la communauté de s'enrichir dou-
cettement, comme ont fait nos frères de la
Trappe et de la Grande... »

Il n'eut pas le temps de finir. Le prieur s'était
levé pour lui sauter au cou. Les chanoines lui
prenaient les mains. L'argentier, encore plus
ému que tous les autres, lui baisait avec respect
le bord tout effrangé de sa cucule... Puis chacun
revint à sa chaire pour délibérer, et, séance te-
nante, le chapitre décida qu'on confierait les
vaches au frère Thrasybule, pour que le frère
Gaucher pût se donner tout entier à la confection
de son élixir.

Comment le bon frère parvint-il à retrouver la
recette de tante Bégon ? au prix de quels efforts,
au prix de quelles veilles ? L'histoire ne le dit
pas. Seulement ce qui est sûr, c'est qu'au bout de
six mois l'élixir des pères blancs était déjà très
populaire. Dans tout le Comtat, dans tout le
pays d'Arles, pas un mas, pas une grange qui
n'eût au fond de sa *dépense,* entre les bouteilles
de vin cuit et les jarres d'olives à la picholine, un
petit flacon de terre brune cacheté aux armes de
Provence, avec un moine en extase sur une éti-
quette d'argent. Grâce à la vogue de son élixir,
la maison des Prémontrés s'enrichit très rapide-
ment. On releva la tour Pacôme. Le prieur eut
une mitre neuve, l'église de jolis vitraux ouvra-
gés, et, dans la fine dentelle du clocher, toute
une compagnie de cloches et de clochettes vint
s'abattre un beau matin de Pâques, tintant et
carillonnant à la grande volée.

Quant au frère Gaucher, ce pauvre frère lai
dont les rusticités égayaient tant le chapitre, il
n'en fut plus question dans le couvent. On ne
connut plus désormais que le révérend père
Gaucher, homme de tête et de grand savoir, qui
vivait complètement isolé des occupations si menues et si multiples du cloître, et s'enfermait
tout le jour dans sa distillerie, pendant que trente

moines battaient la montagne pour lui chercher
des herbes odorantes... Cette distillerie, où personne, pas même le prieur, n'avait le droit de
pénétrer, était une ancienne chapelle abandonnée, tout au bout du jardin des chanoines. La
simplicité des bons pères en avait fait quelque
chose de mystérieux et de formidable ; et si par
aventure un moinillon hardi et curieux, s'ac-
crochant aux vignes grimpantes, arrivait jusqu'à
la rosace du portail, il en dégringolait bien vite,
effaré d'avoir vu le père Gaucher, avec sa barbe
de nécromant, penché sur ses fourneaux, le pèse-
liqueur à la main ; puis, tout autour, des cor-
nues de grès rose, des alambics gigantesques,
des serpentins de cristal, tout un encombrement
bizarre qui flamboyait ensorcelé dans la lueur
rouge des vitraux.

Au jour tombant, quand sonnait le dernier
Angélus, la porte de ce lieu de mystère s'ouvrait
discrètement, et le révérend se rendait à l'église
pour l'office du soir. Il fallait voir quel accueil
quand il traversait le monastère! Les frères
faisaient la haie sur son passage. On disait :
« Chut !... il a le secret !... » L'argentier le
suivait et lui parlait la tête basse... Au milieu de
ces adulations, le père s'en allait en s'épongeant
le front, son tricorne aux larges bords posé en

Contes d'Alphonse Daudet.   17

arrière comme une auréole, regardant autour de
lui d'un air de complaisance les grandes cours
plantées d'orangers, les toits bleus où tournaient
les girouettes neuves, et, dans le cloître éclatant
de blancheur, — entre les colonnettes élégantes
et fleuries, — les chanoines habillés de frais qui
défilaient deux par deux avec des mines re-
posées.

« C'est à moi qu'ils doivent tout cela ! » se
disait le révérend en lui-même ; et chaque fois
cette pensée lui faisait monter des bouffées d'or-
gueil.

Le pauvre homme en fut bien puni. Vous
allez voir...

Figurez-vous qu'un soir, pendant l'office, il
arriva à l'église dans une agitation extraordinaire :
rouge, essoufflé, le capuchon de travers, et si
troublé qu'en prenant de l'eau bénite il y trempa
ses manches jusqu'au coude. On crut d'abord
que c'était l'émotion d'arriver en retard ; mais
quand on le vit faire de grandes révérences à
l'orgue et aux tribunes au lieu de saluer le maître
autel, traverser l'église en coup de vent, errer
dans le chœur pendant cinq minutes pour chercher sa stalle, puis, une fois assis, s'incliner de
droite et de gauche en souriant d'un air béat,
un murmure d'étonnement courut dans les trois

nefs. On chuchotait de bréviaire à bréviaire :
« Qu'a donc notre père Gaucher?... qu'a donc
notre père Gaucher? » Par deux fois, le prieur,
impatienté, fit tomber sa crosse sur les dalles
pour commander le silence. Là-bas, au fond du
chœur, les psaumes allaient toujours ; mais les
répons manquaient d'entrain.

Tout à coup, au beau milieu de l'*Ave verum,*
voilà notre père Gaucher qui se renverse dans sa
stalle et entonne d'une voix éclatante :

> Dans Paris il y a un père blanc,
> Patatin, patatan, tarabin, taraban, etc., etc.

Consternation générale. Tout le monde se
lève. On crie : « Emportez-le,... il est possédé ! »
Les chanoines se signent. La crosse de monseigneur se démène... Mais le père Gaucher ne
voit rien, n'écoute rien, et deux moines vigou-
reux sont obligés de l'entraîner par la petite
porte du chœur, se débattant comme un exorcisé
et continuant de plus belle ses patatin et ses
taraban.

Le lendemain, au petit jour, le malheureux
était à genoux dans l'oratoire du prieur, et faisait
sa *coulpe* avec un ruisseau de larmes : « C'est

l'élixir, Monseigneur, c'est l'élixir qui m'a sur-
pris », disait-il en se frappant la poitrine. Et
de le voir si marri, si repentant, le bon prieur en
était tout ému lui-même.

« Allons, allons, Père Gaucher, calmez-vous,
tout cela séchera comme la rosée au soleil...
Après tout, le scandale n'a pas été aussi grand
que vous pensez. Il y a bien eu la chanson qui
était un peu... hum! hum!... Enfin il faut
espérer que les novices ne l'auront pas entendue.
A présent, voyons, dites-moi bien comment la
chose vous est arrivée... C'est en essayant
l'élixir, n'est-ce pas? Vous aurez eu la main trop
lourde... Oui, oui, je comprends... C'est comme
le frère Schwartz, l'inventeur de la poudre; vous
avez été victime de votre invention... Et dites-
moi, mon brave ami, est-il bien nécessaire que
vous l'essayiez sur vous-même, ce terrible
élixir?

— Malheureusement, oui, Monseigneur :...
l'éprouvette me donne bien la force et le degré
de l'alcool; mais, pour le fini, pour le velouté,
je ne me fie guère qu'à ma langue.

— Ah! très bien !... Mais écoutez encore un
peu que je vous dise... Quand vous goûtez ainsi
l'élixir par nécessité, est-ce que cela vous semble
bon? Y prenez-vous du plaisir?

— Hélas! oui, Monseigneur, fit le malheureux
père en devenant tout rouge... Voilà deux soirs
que je lui trouve un bouquet, un arome... C'est
pour sûr le démon qui m'a joué ce vilain tour...
Aussi je suis bien décidé désormais à ne plus me
servir que de l'éprouvette. Tant pis si la liqueur
n'est pas assez fine, si elle ne fait pas assez la
perle...

— Gardez-vous-en bien, interrompit le prieur
avec vivacité. Il ne faut pas s'exposer à mécon-
tenter la clientèle... Tout ce que vous avez à
faire maintenant que vous voilà prévenu, c'est de
vous tenir sur vos gardes... Voyons, qu'est-ce
qu'il vous faut pour vous rendre compte?...
Quinze ou vingt gouttes, n'est-ce pas?... mettons
vingt gouttes. Le diable sera bien fin s'il vous
attrape avec vingt gouttes... D'ailleurs, pour
prévenir tout accident, je vous dispense dorénavant de venir à l'église. Vous direz l'office du
soir dans la distillerie... Et maintenant allez en
paix, mon révérend, et surtout... comptez bien
vos gouttes. »

Hélas! le pauvre révérend eut beau compter
ses gouttes. Le démon le tenait, et ne le lâcha
plus.

C'est la distillerie qui entendit de singuliers
offices!

Le jour encore tout allait bien. Le père était assez calme ; il préparait ses réchauds, ses alambics, triait soigneusement ses herbes, toutes herbes de Provence, fines, grises, dentelées, brûlées de parfums et de soleil. Mais, le soir, quand les simples étaient infusés et que l'élixir tiédissait dans de grandes bassines de cuivre rouge, le martyre du pauvre homme commençait.

«...Dix-sept,... dix-huit,... dix-neuf,...vingt!...» Les gouttes tombaient du chalumeau dans le gobelet de vermeil. Ces vingt-là, le père les avalait d'un trait, presque sans plaisir. Il n'y avait que la vingt et unième qui lui faisait envie. Oh ! cette vingt et unième goutte !... Alors, pour échapper à la tentation, il allait s'agenouiller tout au bout du laboratoire et s'abîmait dans ses patenôtres. Mais de la liqueur encore chaude il montait une petite fumée toute chargée d'aromates qui venait rôder autour de lui, et bon gré mal gré le ramenait vers les bassines... La liqueur était d'un beau vert doré... Penché dessus, les narines ouvertes, le père la remuait tout doucement avec son chalumeau, et, dans les petites paillettes étincelantes que roulait le flot d'émeraudes, il lui semblait voir les yeux de malice de tante Bégon qui riaient et pétillaient en le regardant. « Allons ! encore une goutte ! » Et de goutte

en goutte l'infortuné finissait par avoir son
gobelet plein jusqu'au bord. Alors, à bout de
force, il se laissait tomber dans un grand fauteuil,
et, le corps abandonné, la paupière à demi close,
il dégustait son péché par petits coups, en se
disant tout bas avec un remords délicieux : « Ah !
je me damne !... je me damne !...» Le plus terrible,
c'est qu'au fond de cet élixir diabolique il re-
trouvait, par je ne sais quel sortilège, toutes les
vilaines chansons de tante Bégon : *Ce sont trois
petites commères qui parlent de faire un banquet,*
ou : *Bergerette de maître André s'en va-t-au bois
seulette,* et toujours la fameuse des pères blancs :
Patatin patatan.

Pensez quelle confusion le lendemain, quand
ses voisins de cellule lui faisaient d'un air malin :
« Hé ! hé ! Père Gaucher, vous aviez des cigales
en tête, hier soir en vous couchant. » Alors
c'étaient des larmes, des désespoirs, et le jeûne,
et le cilice, et la discipline. Mais rien ne pouvait
contre le démon de l'élixir ; et tous les soirs, à la
même heure, la possession recommençait.

Pendant ce temps, les commandes pleuvaient
sur l'abbaye que c'était une bénédiction. Il en
venait de Nîmes, d'Aix, d'Avignon, de Marseille...
De jour en jour le couvent prenait un petit air

de manufacture. Il y avait des frères emballeurs,
des frères étiqueteurs, d'autres pour les écritures,
d'autres pour le camionnage; le service de Dieu
y perdait bien par-ci par-là quelques coups de
cloche; mais les pauvres gens du pays n'y per-
daient rien, je vous en réponds...

Et donc, un beau dimanche matin, pendant
que l'argentier lisait en plein chapitre son inventaire de fin d'année et que les bons chanoines
l'écoutaient les yeux brillants et le sourire aux
lèvres, voilà le père Gaucher qui se précipite au
milieu de la conférence en s'écriant : « C'est fini...
Je n'en fais plus... Rendez-moi mes vaches.

— Qu'est-ce qu'il y a donc, Père Gaucher?
demanda le prieur, qui se doutait bien un peu de
ce qu'il y avait.

— Ce qu'il y a, Monseigneur?... Il y a que je
suis en train de me préparer une belle éternité
de flammes et de coups de fourche... Il y a que
je bois, que je bois comme un misérable...

— Mais je vous avais dit de compter vos
gouttes.

— Ah! bien oui, compter mes gouttes; c'est
par gobelet qu'il faudrait compter maintenant...
Oui, mes révérends, j'en suis là. Trois fioles par
soirée... Vous comprenez bien que cela ne peut
pas durer... Aussi faites faire l'élixir par qui vous

voudrez... Que le feu de Dieu me brûle si je m'en mêle encore ! »

C'est le chapitre qui ne riait plus.

« Mais, malheureux, vous nous ruinez ! criait l'argentier en agitant son grand livre.

— Préférez-vous que je me damne ?... »

Pour lors le prieur se leva.

« Mes révérends, dit-il en étendant sa belle main blanche, où luisait l'anneau pastoral, il y a moyen de tout arranger... C'est le soir, n'est-ce pas, mon cher fils, que le démon vous tente ?...

— Oui, Monsieur le prieur, régulièrement tous les soirs... Aussi maintenant, quand je vois arriver la nuit, j'en ai, sauf votre respect, les sueurs qui me prennent comme l'âne de Capitou quand il voyait venir le bât.

— Eh bien, rassurez-vous... Dorénavant, tous les soirs, à l'office, nous réciterons à votre intention l'oraison de saint Augustin, à laquelle l'indulgence plénière est attachée... Avec cela, quoi qu'il arrive, vous êtes à couvert... C'est l'absolution pendant le péché.

— Oh ! bien alors, merci, Monsieur le prieur. »

Et, sans en demander davantage, le père Gaucher retourna à ses alambics, aussi léger qu'une alouette.

Effectivement, à partir de ce moment-là, tous

les soirs, à la fin des complies, l'officiant ne manquait jamais de dire : « Prions pour notre pauvre
père Gaucher, qui sacrifie son âme aux intérêts
de la communauté... *Oremus, Domine...* » Et,
pendant que sur toutes ces capuches blanches
prosternées dans l'ombre des nefs l'oraison courait en frémissant comme une petite bise sur la
neige, là-bas, tout au bout du couvent, derrière
le vitrage enflammé de la distillerie, on entendait
le père Gaucher qui chantait à tue-tête :

> Dans Paris il y a un père blanc,
> Patatin, patatan, tarabin, taraban ;
> Dans Paris il y a un père blanc
>   Qui fait danser des moinettes,
>   Trin, trin, trin, dans un jardin ;
>   Qui fait danser des...

... Ici le bon curé s'arrêta plein d'épouvante :
« Miséricorde ! si mes paroissiens m'entendaient !... »

F. Burnand inv et sc.   Jouaust Ed   A. Salmon, Imp

LES ÉTOILES

(Contes de Daudet)

LES FI...

D...
...
...
...
...
occ... ... ...
de l'L... po... ... é po...
ou bien l'app... ...
charbonnier du Pilon...
nois, étendu... ...
la peur de par...
...
...
...
...
...
...

LES ÉTOILES

RÉCIT D'UN BERGER PROVENÇAL

Du temps que je gardais les bêtes sur le Luberon, je restais des semaines entières sans voir âme qui vive, seul dans le pâturage avec mon chien Labri et mes ouailles. De temps en temps l'ermite du Mont-de-l'Ure passait par là pour chercher des simples, ou bien j'apercevais la face noire de quelque charbonnier du Piémont; mais c'étaient des gens naïfs, silencieux à force de solitude, ayant perdu le goût de parler et ne sachant rien de ce qui se disait en bas dans les villages et les villes. Aussi, tous les quinze jours, lorsque j'entendais, sur le chemin qui monte, les sonnailles du mulet de notre ferme m'apportant les provisions de quinzaine, et que je voyais apparaître peu à peu au-dessus de la côte la tête éveillée du petit *miarro* (garçon de ferme), ou la coiffe rousse de la vieille tante Norade, j'étais vraiment bien heureux. Je me faisais raconter les nouvelles du pays d'en bas, les baptêmes, les mariages; mais ce qui m'intéressait surtout, c'était de savoir ce que devenait la fille de mes maîtres, notre demoiselle Stéphanette, la plus jolie qu'il y eût à dix lieues à la ronde. Sans avoir l'air d'y prendre trop d'intérèt, je m'informais si elle allait beaucoup aux fêtes, aux veillées, s'il lui venait toujours de nouveaux galants; et à ceux qui me demanderont ce que ces choses-là pouvaient me faire, à moi pauvre berger de la montagne, je répondrai que j'avais vingt ans et que cette Stéphanette était ce que j'avais vu de plus beau dans ma vie.

Or, un dimanche que j'attendais les vivres de quinzaine, il se trouva qu'ils n'arrivèrent que très tard. Le matin je me disais : « C'est la faute de la grand'messe »; puis, vers midi, il vint un gros orage, et je pensai que la mule n'avait pas pu se mettre en route à cause du mauvais état des chemins. Enfin, sur les trois heures, le ciel étant lavé, la montagne luisante d'eau et de soleil, j'entendis parmi l'égouttement des feuilles et le débordement des ruisseaux gonflés les sonnailles de la mule, aussi gaies, aussi alertes qu'un grand carillon de cloches un jour de Pâques. Mais ce

n'était pas le petit *miarro* ni la vieille Norade
qui la conduisait. C'était... Devinez qui... Notre
demoiselle, mes enfants! notre demoiselle en
personne, assise droite entre les sacs d'osier,
toute rose de l'air des montagnes et du rafraî-
chissement de l'orage.

Le petit était malade; tante Norade en vacan-
ces chez ses enfants. La belle Stéphanette m'ap-
prit tout ça en descendant de sa mule, et aussi
qu'elle arrivait tard parce qu'elle s'était perdue
en route; mais, à la voir si bien endimanchée,
avec son ruban à fleurs, sa jupe brillante et ses
dentelles, elle avait plutôt l'air de s'être attardée
à quelque danse que d'avoir cherché son chemin
dans les buissons. O la mignonne créature! Mes
yeux ne pouvaient pas se lasser de la regarder. Il
est vrai que je ne l'avais jamais vue de si près.
Quelquefois l'hiver, quand les troupeaux étaient
descendus dans la plaine et que je rentrais le soir
à la ferme pour souper, elle traversait la salle vivement, sans guère parler aux serviteurs, toujours
parée et un peu fière. Maintenant je l'avais là
devant moi, rien que pour moi : n'était-ce pas à
en perdre la tête?

Quand elle eut tiré les provisions du panier,
Stéphanette se mit à regarder curieusement autour d'elle. Relevant un peu sa belle jupe du di-

manche, qui aurait pu s'abîmer, elle entra dans le
parc, voulut voir le coin où je couchais, la crèche
de paille, avec la peau de mouton, ma grande
cape accrochée au mur, ma crosse, mon fusil à
pierre. Tout cela l'amusait. « Alors, c'est ici que
tu vis, mon pauvre berger? Comme tu dois
t'ennuyer d'être toujours seul! Qu'est-ce que tu
fais? A quoi penses-tu?... » J'avais envie de répondre : « A vous, maîtresse », et je n'aurais pas
menti; mais mon trouble était si grand que je ne
pouvais pas seulement trouver une parole. Je
crois bien qu'elle s'en apercevait, et que la méchante prenait plaisir à redoubler mon embarras
avec ses malices. « Et ta bonne amie, berger,
est-ce qu'elle monte te voir quelquefois? Ça doit
être bien sûr la chèvre d'or, ou cette fée Estérelle
qui ne court qu'à la pointe des montagnes... »
Et elle-même, en me parlant, avait bien l'air de la
fée Estérelle, avec le joli rire de sa tête renversée
et sa hâte de s'en aller qui faisait de sa visite une
apparition. « Adieu, berger.

— Salut, maîtresse. » Et la voilà partie, emportant ses corbeilles vides.

Lorsqu'elle disparut dans le sentier en pente,
il me semblait que les cailloux, roulant sous les
sabots de la mule, me tombaient un à un sur le
cœur. Je les entendis longtemps, longtemps; et,

jusqu'à la fin du jour, je restai comme ensommeillé, n'osant bouger de peur de faire s'en aller mon rêve. Vers le soir, comme le fond des vallées commençait à devenir bleu et que les bêtes se serraient en bêlant l'une contre l'autre pour rentrer au *parc,* j'entendis qu'on m'appelait dans la descente, et je vis paraître notre demoiselle, non plus rieuse ainsi que tout à l'heure, mais tremblante de froid, de peur, de mouillure. Il paraît qu'au bas de la côte, elle avait trouvé la Sorgue grossie par la pluie d'orage, et qu'en voulant passer à toute force, elle avait risqué de se noyer. Le terrible, c'est qu'à cette heure de nuit il ne fallait plus songer à retourner à la ferme : car le chemin par la traverse, notre demoiselle n'aurait jamais su s'y retrouver toute seule, et moi je ne pouvais pas quitter le troupeau. Cette idée de passer la nuit sur la montagne la tourmentait beaucoup, surtout à cause de l'inquiétude des siens. Moi, je la rassurai de mon mieux : « En juillet, les nuits sont courtes, maîtresse... Ce n'est qu'un mauvais moment. » Et j'allumai vite un grand feu pour sécher ses pieds et sa robe toute trempée de l'eau de la Sorgue. Ensuite j'apportai devant elle du lait, des fromageons; mais la pauvre petite ne songeait ni à se chauffer ni à manger, et de voir les grosses larmes qui mon-

taient dans ses yeux, j'avais envie de pleurer,
moi aussi.

Cependant la nuit était venue tout à fait. Il ne
restait plus sur la crête des montagnes qu'une
poussière de soleil, une vapeur de lumière du
côté du couchant. Je voulus que notre demoiselle
entrât se reposer dans le *parc*. Ayant étendu sur
la paille fraîche une belle peau toute neuve, je
lui souhaitai la bonne nuit, et j'allai m'asseoir
dehors devant la porte... Dieu m'est témoin que,
malgré le feu d'amour qui me brûlait le sang,
aucune mauvaise pensée ne me vint ; rien qu'une
grande fierté de songer que dans un coin du
parc, tout près du troupeau curieux qui la regardait dormir, la fille de mes maîtres, — comme
une brebis plus précieuse et plus blanche que
toutes les autres, — reposait, confiée à ma garde.
Jamais le ciel ne m'avait paru si profond, les
étoiles si brillantes... Tout à coup, la claire-voie
du *parc* s'ouvrit et la belle Stéphanette parut.
Elle ne pouvait pas dormir. Les bêtes faisaient
crier la paille en remuant, ou bêlaient dans leurs
rêves. Elle aimait mieux venir près du feu. Voyant
cela, je lui jetai ma peau de bique sur les épaules,
j'activai la flamme, et nous restâmes assis l'un
près de l'autre sans parler. Si vous avez jamais
passé la nuit à la belle étoile, vous savez qu'à

l'heure où nous dormons, un monde mystérieux s'éveille dans la solitude et le silence. Alors les sources chantent bien plus clair, les étangs allument des petites flammes. Tous les esprits de la montagne vont et viennent librement; et il y a dans l'air des frôlements, des bruits imperceptibles, comme si l'on entendait les branches grandir, l'herbe pousser. Le jour, c'est la vie des êtres; mais la nuit, c'est la vie des choses. Quand on n'en a pas l'habitude, ça fait peur... Aussi notre demoiselle était toute frissonnante et se serrait contre moi au moindre bruit. Une fois, un cri long, mélancolique, parti de l'étang qui luisait plus bas, monta vers nous en ondulant. Au même instant une belle étoile filante glissa par-dessus nos têtes dans la même direction, comme si cette plainte que nous venions d'entendre portait une lumière avec elle.

« Qu'est-ce que c'est? me demanda Stéphanette à voix basse.

— Une âme qui entre au paradis, maîtresse »; et je fis le signe de la croix. Elle se signa aussi, et resta un moment la tête en l'air, très recueillie. Puis elle me dit : « C'est donc vrai, berger, que vous êtes sorciers, vous autres?

— Nullement, notre demoiselle. Mais ici nous vivons plus près des étoiles, et nous savons ce qui s'y passe mieux que les gens de la plaine. »

Elle regardait toujours en haut, la tête appuyée dans la main, entourée de la peau de mouton comme un petit pâtre céleste. « Qu'il y en a ! Que c'est beau ! Jamais je n'en avais tant vu... Est-ce que tu sais leur nom, berger ?

— Mais oui, maîtresse... Tenez ! juste au-dessus de nous, voilà le *Chemin de saint Jacques*. Il va de France droit sur l'Espagne. C'est saint Jacques de Galice qui l'a tracé pour montrer sa route au brave Charlemagne lorsqu'il faisait la guerre aux Sarrasins [1]. Plus loin, vous avez le *Char des âmes* avec ses quatre essieux resplendissants. Les trois étoiles qui vont devant sont les trois *Bêtes*, et cette toute petite contre la troisième c'est le *Charretier*. Voyez-vous tout autour cette pluie d'étoiles qui tombent ? Ce sont les âmes que le bon Dieu ne veut pas chez lui... Un peu plus bas, voici le *Râteau* ou les *Trois Rois*. C'est ce qui nous sert d'horloge, à nous autres. Rien qu'en les regardant, je sais maintenant qu'il est minuit passé. Un peu plus bas, toujours vers le midi, brille *Jean de Milan*, le flambeau des astres. Sur cette étoile-là, voici ce que les bergers racontent. Il paraît qu'une nuit *Jean de*

---

1. Tous ces détails d'astronomie populaire sont traduits de l'*Almanach provençal* qui se publie en Avignon.

Milan, avec les *Trois Rois* et la *Poucinière,* furent
invités à la noce d'une étoile de leurs amies. La
Poucinière, plus pressée, partit, dit-on, la première, et prit le chemin haut. Regardez-la là-
haut, tout au fond du ciel. Les *Trois Rois* coupè-
rent plus bas et la rattrapèrent; mais ce paresseux
de *Jean de Milan,* qui avait dormi trop tard,
resta tout à fait derrière, et furieux, pour les arrêter, leur jeta son bâton. C'est pourquoi les *Trois
Rois* s'appellent aussi le *Bâton de Jean de Milan...*
Mais la plus belle de toutes les étoiles, maîtresse,
c'est la nôtre, c'est l'*Étoile du berger,* qui nous
éclaire à l'aube quand nous sortons le troupeau,
et aussi le soir quand nous le rentrons. Nous la
nommons encore *Maguelonne,* la belle Maguelonne qui court après *Pierre de Provence* et se
marie avec lui tous les sept ans.

— Comment! berger, il y a donc des mariages
d'étoiles?

— Mais oui, maîtresse... »

Et, comme j'essayais de lui expliquer ce que
c'était que ces mariages, je sentis quelque chose de
frais et de fin peser légèrement sur mon épaule.
C'était sa tête alourdie de sommeil qui s'appuyait
contre moi avec un joli froissement de rubans,
de dentelles et de cheveux ondés. Elle resta ainsi
sans bouger jusqu'au moment où les astres du

ciel pâlirent, effacés par le jour qui montait. Moi,
je la regardais dormir, un peu troublé au fond
de mon être, mais saintement protégé par cette
claire nuit qui ne m'a jamais donné que de belles
pensées. Autour de nous, les étoiles continuaient
leur marche silencieuse, dociles comme un grand
troupeau ; et, par moments, je me figurais qu'une
de ces étoiles, la plus fine, la plus brillante, ayant
perdu sa route, était venue se poser sur mon
épaule pour dormir...

L'AGONIE DE LA *SÉMILLANTE*

IL y a deux ou trois ans de cela.

Je courais la mer de Sardaigne en compagnie de sept ou huit matelots douaniers. Rude voyage pour un novice : de tout le mois de mars nous n'eûmes pas un jour de bon. Le vent d'est s'était acharné après nous, et la mer ne décolérait pas.

Un soir que nous fuyions devant la tempête, notre bateau vint se réfugier à l'entrée du détroit de Bonifacio, au milieu d'un massif de petites îles. Leur aspect n'avait rien d'engageant : de grands rocs pelés couverts d'oiseaux, quelques touffes d'absinthe, des maquis de lentisques, et çà et là, dans la vase, des pièces de bois en train de pourrir ; mais, ma foi ! pour passer la nuit, ces rochers sinistres valaient encore mieux que le rouffe d'une vieille barque à demi pontée, où la

lame entrait comme chez elle, et nous nous en
contentâmes.

A peine débarqués, tandis que les matelots
allumaient le feu pour faire la bouillabaisse, le
patron m'appela, et, me montrant un petit enclos
de maçonnerie blanche, perdu dans la brume au
bout de l'île :

« Venez-vous au cimetière ? me dit-il.

— Un cimetière, patron Lionetti ? Où sommes-
nous donc ?

— Aux îles Lavezzi, Monsieur. C'est ici que
sont enterrés les six cents hommes de la *Sémillante*,
à l'endroit même où leur frégate s'est perdue, il
y a dix ans... Pauvres gens ! ils ne reçoivent pas
beaucoup de visites ; c'est bien le moins que nous
allions leur dire bonjour, puisque nous voilà.

— De tout mon cœur, patron. »

Qu'il était triste, le cimetière de la *Sémillante*,
avec sa petite muraille basse, sa porte de fer
rouillée, dure à ouvrir, sa chapelle silencieuse,
et des centaines de croix noires cachées par
l'herbe !... Pas une couronne d'immortelles, pas
un souvenir, rien !... Ah ! les pauvres morts aban-
donnés, comme ils doivent avoir froid dans leur
tombe de hasard !

Nous restâmes là un moment agenouillés. Le
patron priait à haute voix ; d'énormes goélands,

seuls gardiens du cimetière, tournoyaient sur nos têtes et mêlaient leurs cris rauques aux lamentations de la mer.

La prière finie, nous revînmes tristement vers le coin de l'île où la barque était amarrée. En notre absence, les matelots n'avaient pas perdu leur temps.

Nous trouvâmes un grand feu flambant à l'abri d'une roche et la marmite qui fumait. On s'assit en rond, les pieds à la flamme, et bientôt chacun eut sur ses genoux, dans une écuelle de terre rouge, deux tranches de pain noir arrosées largement. Le repas fut silencieux; nous étions mouillés, nous avions faim, et puis le voisinage du cimetière... Pourtant, quand les écuelles furent vidées, on alluma les pipes et on se mit à causer un peu. Naturellement, on parlait de la *Sémillante*.

« Mais enfin, comment la chose s'est-elle passée? demandai-je au patron, qui, la tête dans ses mains, regardait la flamme d'un air pensif.

— Comment la chose s'est passée, me répondit le bon Lionetti avec un gros soupir, hélas! Monsieur, personne au monde ne pourrait le dire. Tout ce que nous savons, c'est que la *Sémillante,* chargée de troupes pour la Crimée, était partie de Toulon, la veille au soir, avec le mauvais temps.

La nuit, ça se gâta encore. Du vent, de la pluie, la mer énorme comme on ne l'avait jamais vue... Le matin le vent tomba un peu, mais la mer était dans tous ses états, et cela avec une sacrée brume du diable à ne pas distinguer un fanal à quatre pas... Ces brumes-là, Monsieur, on ne se doute pas comme c'est traître... Ça ne fait rien, j'ai idée que la *Sémillante* a dû perdre son gouvernail dans la matinée, car il n'y a pas de brume qui tienne ; sans une avarie, jamais le capitaine ne serait venu s'aplatir ici contre. C'était un rude marin, que nous connaissions tous. Il avait commandé la station en Corse pendant trois ans, et savait sa côte aussi bien que moi, qui ne sais pas autre chose.

— Et à quelle heure pense-t-on que la *Sémillante* a péri ?

— Ce doit être à midi ; oui, Monsieur, en plein midi... Mais, dame ! avec la brume de mer, ce plein midi-là ne valait guère mieux qu'une nuit noire comme la gueule d'un loup... Un douanier de la côte m'a raconté que ce jour-là, vers onze heures et demie, étant sorti de sa maisonnette pour rattacher ses volets, il avait eu sa casquette emportée par un coup de vent, et qu'au risque d'être enlevé lui-même par la lame, il s'était mis à courir après, le long du rivage, à quatre pattes

Vous comprenez, les douaniers ne sont pas riches, et une casquette, ça coûte cher. Or, il paraîtrait qu'à un moment notre homme, en relevant la tête, aurait aperçu tout près de lui, dans la brume, un gros navire à sec de toiles qui fuyait sous le vent du côté des îles Lavezzi. Ce navire allait si vite, si vite, que le douanier n'eut guère le temps de bien voir. Tout fait croire cependant que c'était la *Sémillante,* puisque une demi-heure après le berger des îles a entendu sur ces roches... Mais précisément voici le berger dont je vous parle, Monsieur ; il va vous conter la chose lui-même... Bonjour, Palombo,... viens te chauffer un peu ; n'aie pas peur. »

Un homme encapuchonné, que je voyais rôder depuis un moment autour de notre feu et que j'avais pris pour quelqu'un de l'équipage, car j'ignorais qu'il y eût un berger dans l'île, s'approcha de nous craintivement.

C'était un vieux lépreux, aux trois quarts idiot, atteint de je ne sais quel mal scorbutique qui lui faisait de grosses lèvres lippues, horribles à voir. On lui expliqua à grand'peine de quoi il s'agissait. Alors, soulevant du doigt sa lèvre malade, le vieux nous raconta qu'en effet le jour en question, vers midi, il entendit de sa cabane un craquement effroyable sur les roches. Comme

20

l'île était toute couverte d'eau, il n'avait pas pu
sortir, et c'est le lendemain seulement qu'en
ouvrant sa porte, il avait vu le rivage encombré
de débris et de cadavres laissés là par la mer.
Épouvanté, il s'était enfui en courant vers sa barque, pour aller à Bonifacio chercher du monde.

Fatigué d'en avoir tant dit, le berger s'assit,
et le patron reprit la parole :

« Oui, Monsieur, c'est ce pauvre vieux qui est
venu nous prévenir. Il était presque fou de peur,
et, de l'affaire, sa cervelle en est restée détraquée.
Le fait est qu'il y avait de quoi... Figurez-vous
six cents cadavres en tas sur le sable, pêle-mêle
avec les éclats de bois et les lambeaux de toiles...
Pauvre *Sémillante!*... la mer l'avait broyée du
coup, et si bien mise en miettes que dans tous
ses débris le berger Palombo n'a trouvé qu'à
grand'peine de quoi faire une palissade autour
de sa hutte... Quant aux hommes, presque tous
défigurés, mutilés affreusement, c'était pitié de
les voir accrochés les uns aux autres, par grappes... Nous trouvâmes le capitaine en grand
costume, l'aumônier son étole au cou ; dans un
coin, entre deux roches, un petit mousse, les
yeux ouverts, on aurait cru qu'il vivait encore ;
mais non ! Il était dit que pas un n'en réchappe-
rait. »

Ici le patron s'interrompit.

« Attention, Nardi ! cria-t-il, le feu s'éteint. »

Nardi jeta sur la braise deux ou trois morceaux de planches goudronnées qui s'enflammè-
rent, et Lionetti continua :

« Ce qu'il y a de plus triste dans cette histoire,
le voici... Trois semaines avant le sinistre, une
petite corvette, qui allait en Crimée comme la
Sémillante, avait fait naufrage de la même façon,
presque au même endroit ; seulement, cette fois-
là, nous étions parvenus à sauver l'équipage et
vingt soldats du train qui se trouvaient à bord...
Ces pauvres tringlos n'étaient pas à leur affaire,
vous pensez ! On les emmena à Bonifacio, et
nous les gardâmes pendant deux jours avec nous,
à *la marine*... Une fois bien secs et remis sur
pied, bonsoir ! bonne chance ! ils retournèrent à
Toulon, où, quelque temps après, on les embar-
qua de nouveau pour la Crimée... Devinez sur
quel navire ?... Sur la *Sémillante,* Monsieur...
Nous les avons retrouvés tous, tous les vingt,
couchés, parmi les morts, à la place où nous
sommes... Je relevai moi-même un joli brigadier
à fines moustaches, un blondin de Paris que j'avais
couché à la maison et qui nous avait fait rire tout
le temps avec ses histoires... De le voir là, ça me
creva le cœur... Ah ! santa Madre !... »

Là-dessus le brave Lionetti, tout ému, secoua
les cendres de sa pipe et se roula dans son caban
en me souhaitant la bonne nuit. Pendant quelque temps encore, les matelots causèrent entre
eux à demi-voix... Puis, l'une après l'autre, les
pipes s'éteignirent... On ne parla plus... Le
vieux berger s'en alla, et je restai seul à rêver au
milieu de l'équipage endormi.

Encore sous l'impression du lugubre récit que
je venais d'entendre, j'essayais de reconstruire
dans ma pensée le pauvre navire défunt et l'histoire de cette agonie dont les goélands ont été
seuls témoins. Quelques détails qui m'avaient
frappé, le capitaine en grand costume, l'étole de
l'aumônier, les vingt soldats du train, m'aidaient
à deviner toutes les péripéties du drame... Je
voyais la frégate partant de Toulon dans la nuit.
Elle sort du port. La mer est mauvaise, le vent
terrible; mais on a pour capitaine un vaillant
marin, et tout le monde est tranquille à bord.

Le matin, la brume de mer se lève. On commence à être inquiet. Tout l'équipage est en haut.
Le capitaine ne quitte pas la dunette. Dans l'entrepont, où les soldats sont renfermés, il fait noir;
l'atmosphère est chaude. Quelques-uns sont malades, couchés sur leurs sacs. Le navire tangue
horriblement; impossible de se tenir debout. On

cause assis à terre par groupe, en se cramponnant aux bancs ; il faut crier pour s'entendre. Il y en a qui commencent à avoir peur... Écoutez donc. Les naufrages sont fréquents dans ces parages-ci ; les tringlos sont là pour le dire, et ce qu'ils racontent n'est pas rassurant. Leur brigadier surtout, un Parisien qui blague toujours ; vous donne la chair de poule avec ses plaisanteries : « Un naufrage !... mais c'est très amusant, un naufrage. Nous en serons quittes pour un bain à la glace, et puis on nous mènera à Bonifacio, histoire de manger des merles chez le patron Lionetti. » Et les tringlos de rire...

Tout à coup un craquement... Qu'est-ce que c'est ? Qu'arrive-t-il ?... « Le gouvernail vient de partir », dit un matelot tout mouillé qui traverse l'entrepont en courant. « Bon voyage ! » crie cet enragé de brigadier ; mais cela ne fait plus rire personne.

Grand tumulte sur le pont. La brume empêche de se voir. Les matelots vont et viennent effrayés, à tâtons... Plus de gouvernail ! La manœuvre est impossible... La *Sémillante,* en dérive, file comme le vent... C'est à ce moment que le douanier la voit passer ; il est onze heures et demie. A l'avant de la frégate, on entend comme des coups de canon... Les brisants ! les brisants !... C'est fini, il n'y a plus d'espoir, on va droit à la côte. Le capitaine descend dans sa cabine. Au bout d'un moment, il vient reprendre sa place sur la dunette, — en grand costume. Il a voulu se faire beau pour mourir.

Dans l'entrepont, les soldats, anxieux, se regardent, sans rien dire... Les malades essayent de se redresser... Le petit brigadier ne rit plus... C'est alors que la porte s'ouvre et que l'aumônier paraît sur le seuil avec son étole : « A genoux, mes enfants ! » Tout le monde obéit. D'une voix retentissante, le prêtre commence la prière des agonisants.

Soudain un choc formidable, un cri, un seul cri, un cri immense, des bras tendus, des mains qui se cramponnent, des regards effarés où la vision de la mort passe comme un éclair... Miséricorde !...

C'est ainsi que je passai toute la nuit à rêver, évoquant, à dix ans de distance, l'âme du pauvre navire dont les débris m'entouraient... Au loin, dans le détroit, la tempête faisait rage ; la flamme du bivac se courbait sous la rafale, et j'entendais notre barque danser au pied des roches en faisant crier son amarre.

LE

PHARE DES SANGUINAIRES[1]

ETTE nuit je n'ai pas pu dormir. Le mistral était en colère et les éclats de sa grande voix m'ont tenu éveillé jusqu'au matin. Balançant lourdement ses ailes mutilées qui sifflaient à la bise comme les agrès d'un navire, tout le moulin craquait. Des tuiles s'envolaient de sa toiture en déroute. Au loin, les pins serrés dont la colline est couverte s'agitaient et bruissaient dans l'ombre. On se serait cru en pleine mer...

Cela m'a rappelé tout à fait mes belles insomnies d'il y a trois ans, quand j'habitais le phare des Sanguinaires, là-bas, sur la côte corse, à l'entrée du golfe d'Ajaccio.

1. *Lettres de mon moulin.*

Encore un joli coin que j'avais trouvé là pour rêver et pour être seul.

Figurez-vous une île rougeâtre et d'aspect farouche ; le phare à une pointe, à l'autre une vieille tour génoise où, de mon temps, logeait un aigle. En bas, au bord de l'eau, un lazaret en ruine, envahi de partout par les herbes ; puis des ravins, des maquis, de grandes roches, quelques chèvres sauvages, de petits chevaux corses gambadant la crinière au vent ; enfin là-haut, tout en haut, dans un tourbillon d'oiseaux de mer, la maison du phare, avec sa plate-forme en maçonnerie blanche, où les gardiens se promènent de long en large, la porte verte en ogive, la petite tour de fonte, et au-dessus la grosse lanterne à facettes qui flambe au soleil et fait de la lumière même pendant le jour... Voilà l'île des Sanguinaires, comme je l'ai revue cette nuit, en entendant ronfler mes pins. C'est dans cette île enchantée qu'avant d'avoir un moulin, j'allais m'enfermer quelquefois, lorsque j'avais besoin de grand air et de solitude.

Ce que je faisais ?

Ce que je fais ici, moins encore. Quand le mistral ou la tramontane ne soufflaient pas trop fort, je venais me mettre entre deux roches au ras de l'eau, au milieu des goélands, des merles, des

hirondelles, et j'y restais presque tout le jour dans
cette espèce de stupeur et d'accablement délicieux
que donne la contemplation de la mer. Vous con-
naissez, n'est-ce pas, cette jolie griserie de l'âme ?
On ne pense pas, on ne rêve pas non plus. Tout
votre être vous échappe, s'envole, s'éparpille. On
est la mouette qui plonge, la poussière d'écume
qui flotte au soleil entre deux vagues, la fumée
blanche de ce paquebot qui s'éloigne, ce petit
corailleur à voile rouge, cette perle d'eau, ce
flocon de brume, tout, excepté soi-même...
Oh! que j'en ai passé dans mon île de ces belles
heures de demi-sommeil et d'éparpillement !

Les jours de grand vent, le bord de l'eau n'étant
pas tenable, je m'enfermais dans la cour du lazaret,
une petite cour mélancolique, tout embaumée de
romarin et d'absinthe sauvage, et là, blotti contre
un pan de vieux mur, je me laissais envahir doucement par le vague parfum d'abandon et de
tristesse qui flottait avec le soleil dans les logettes
de pierre, ouvertes tout autour comme d'anciennes tombes. De temps en temps un battement de
porte, un bond léger dans l'herbe... C'était une
chèvre qui venait brouter à l'abri du vent. En me
voyant, elle s'arrêtait interdite, et restait plantée
devant moi, l'air vif, la corne haute, me regardant d'un œil enfantin...

Contes d'Alphonse Daudet. 21

Vers cinq heures le porte-voix des gardiens m'appelait pour le dîner. Je prenais alors un petit sentier dans le maquis grimpant à pic au-dessus de la mer, et je revenais lentement vers le phare, me retournant à chaque pas sur cet immense horizon d'eau et de lumière qui semblait s'élargir à mesure que je montais.

Là-haut c'était charmant. Je vois encore cette belle salle à manger à larges dalles, à lambris de chêne, la bouillabaisse fumant au milieu, la porte grande ouverte sur la terrasse blanche, et tout le couchant qui entrait... Les gardiens étaient là, m'attendant pour se mettre à table. Il y en avait trois, un Marseillais et deux Corses, tous trois petits, barbus, le même visage tanné, crevassé, le même *pelone* (caban) en poil de chèvre, mais d'allure et d'humeur entièrement opposées.

A la façon de vivre de ces gens, on sentait tout de suite la différence des deux races. Le Marseillais, industrieux et vif, toujours affairé, toujours en mouvement, courait l'île du matin au soir, jardinant, pêchant, ramassant des œufs de *gouailles*, s'embusquant dans le maquis pour traire une chèvre au passage ; et toujours quelque aïoli ou quelque bouillabaisse en train.

Les Corses, eux, en dehors de leur service, ne s'occupaient absolument de rien ; ils se considéraient comme des fonctionnaires, et passaient toutes leurs journées dans la cuisine à jouer d'interminables parties de *scopa*, ne s'interrompant que pour rallumer leurs pipes d'un air grave, et hacher avec des ciseaux, dans le creux de leurs mains, de grandes feuilles de tabac vert.

Du reste, Marseillais et Corses, tous trois de bonnes gens, simples, naïfs, et pleins de prévenances pour leur hôte, quoiqu'au fond il dût leur paraître un monsieur bien extraordinaire...

Pensez donc : venir s'enfermer au phare pour son plaisir ! Eux qui trouvent les journées si longues, et qui sont si heureux quand c'est leur tour d'aller à terre !... Dans la belle saison, ce grand bonheur leur arrive tous les mois. Dix jours de terre pour trente jours de phare, voilà le règlement ; mais, avec l'hiver et les gros temps, il n'y a plus de règlement qui tienne. Le vent souffle, la vague monte, les Sanguinaires sont blanches d'écume, et les gardiens de service restent bloqués deux ou trois mois de suite, quelquefois même dans de terribles conditions.

« Voici ce qui m'est arrivé à moi, Monsieur, me contait un jour le vieux Bartoli, pendant que nous dînions, voici ce qui m'est arrivé il y a cinq ans, à cette même table où nous sommes, un soir d'hiver, comme maintenant. Ce soir-là nous n'étions que deux dans le phare, moi et un camarade qu'on appelait Tchéco... Les autres étaient à terre, malades, en congé, je ne sais plus... Nous finissions de dîner, bien tranquilles. Tout à coup voilà mon camarade qui s'arrête de manger, me regarde un moment avec de drôles d'yeux, et pouf! tombe sur la table, les bras en avant. Je vais à lui, je le secoue, je l'appelle : « O Tché!... O Tché!... » Rien. Il était mort... Vous jugez quelle émotion! Je restai plus d'une heure stupide et tremblant devant ce cadavre. Puis subitement cette idée me vient : « Et le phare! » Je n'eus que le temps de monter dans la lanterne et d'allumer. La nuit était déjà là... Quelle nuit, Monsieur! La mer, le vent, n'avaient plus leurs voix naturelles. A tout moment il me semblait que quelqu'un m'appelait dans l'escalier... Avec cela, une fièvre, une soif! Mais vous ne m'auriez pas fait descendre :... j'avais trop peur du mort! Pourtant, au petit jour, le courage me revint un peu. Je portai mon camarade sur son lit; un drap dessus, un bout de prière, et puis vite aux signaux d'alarme.

« Malheureusement la mer était trop grosse : j'eus beau appeler, appeler, personne ne vint.

Me voilà seul dans le phare avec mon pauvre Tchéco, et Dieu sait pour combien de temps ! J'espérais pouvoir le garder près de moi jusqu'à l'arrivée du bateau ; mais au bout de trois jours ce n'était plus possible... Comment faire ? Le porter dehors, l'enterrer ? La roche était trop dure, et il y a tant de corbeaux dans l'île ! C'était pitié de leur abandonner ce chrétien. Alors je songeai à le descendre dans une des logettes du lazaret... Ça me prit toute une après-midi, cette triste corvée-là, et je vous réponds qu'il m'en fallut, du courage... Tenez, Monsieur ! encore aujourd'hui, quand je descends ce côté de l'île par une après-midi de grand vent, il me semble que j'ai toujours le mort sur les épaules... »

Pauvre vieux Bartoli ! La sueur lui en coulait sur le front rien que d'y penser.

Nos repas se passaient ainsi à causer longuement : le phare, la mer, des récits de naufrages, des histoires de bandits corses... Puis, le jour tombant, le gardien du premier quart allumait sa petite lampe, prenait sa pipe, sa gourde, un gros Plutarque à tranche rouge, toute la bibliothèque des Sanguinaires, et disparaissait par le fond. Au bout d'un moment, c'était dans tout le phare un fracas de chaînes, de poulies, de gros poids d'horloge qu'on remontait.

Moi, pendant ce temps, j'allais m'asseoir dehors, sur la terrasse. Le soleil, déjà très bas,
descendait vers l'eau de plus en plus vite, entraînant tout l'horizon après lui. Le vent fraîchissait,
l'île devenait violette. Dans le ciel, près de moi,
un gros oiseau passait lourdement : c'était l'aigle
de la tour génoise qui rentrait. Peu à peu la
brume de mer montait. Bientôt on ne voyait plus
que l'ourlet blanc de l'écume autour de l'île. Tout
à coup, au-dessus de ma tête, jaillissait un grand
flot de lumière douce. Le phare était allumé.
Laissant toute l'île dans l'ombre, le clair rayon
allait tomber au large sur la mer, et j'étais là
perdu dans la nuit, sous ces grandes ondes lumineuses qui m'éclaboussaient à peine en passant...
Mais le vent fraîchissait encore. Il fallait rentrer.
A tâtons, je fermais la grosse porte, j'assurais les
barres de fer ; puis, toujours tâtonnant, je prenais
un petit escalier de fonte qui tremblait et sonnait
sous mes pas, et j'arrivais au sommet du phare.
Ici, par exemple, il y en avait, de la lumière !

Imaginez une lampe carcel gigantesque à six
rangs de mèches, autour de laquelle pivotent
lentement les parois de la lanterne, les unes rem-
plies par une énorme lentille de cristal, les autres
ouvertes sur un grand vitrage immobile qui met
la flamme à l'abri du vent... En entrant j'étais

ébloui. Ces cuivres, ces étains, ces réflecteurs de
métal blanc, ces murs de cristal bombé qui tournaient avec de grands cercles bleuâtres, tout ce
miroitement, tout ce cliquetis de lumière, me
donnaient un moment de vertige.

Peu à peu, cependant, mes yeux s'y faisaient,
et je venais m'asseoir au pied même de la lampe,
à côté du gardien, qui lisait son Plutarque à
haute voix, de peur de s'endormir...

Au dehors, le noir, l'abîme. Sur le petit balcon
qui tourne autour du vitrage, le vent court comme
un fou, en hurlant. Le phare craque, la mer
ronfle. A la pointe de l'île, sur les brisants, les
lames font comme des coups de canon... Par
moments, un doigt invisible frappe aux carreaux :
quelque oiseau de nuit, que la lumière attire, et
qui vient se casser la tête contre le cristal. Dans
la lanterne étincelante et chaude, rien que le
crépitement de la flamme, le bruit de l'huile qui
s'égoutte, de la chaîne qui se dévide, et une voix
monotone psalmodiant la vie de Démétrius de
Phalère.

A minuit, le gardien se levait, jetait un dernier
coup d'œil à ses mèches, et nous descendions.
Dans l'escalier on rencontrait le camarade du
second quart qui montait en se frottant les yeux ;

on lui passait la gourde, le Plutarque. Puis, avant
de gagner nos lits, nous entrions un moment
dans la chambre du fond, tout encombrée de
chaînes, de gros poids, de réservoirs d'étain, de
cordages, et là, à la lueur de sa petite lampe, le
gardien écrivait sur le grand livre du phare, toujours ouvert :

Minuit. Grosse mer. Tempête. Navire au large.

LES DOUANIERS

IL y a quelques années, l'inspecteur général des douanes de la Corse m'emmena dans une de ses tournées le long de la côte. Sans qu'il y parût, c'était un grand voyage : quarante jours de mer, à peu près le temps qu'il faut pour aller à la Havane, et cela dans une vieille barque à demi pontée, où l'on n'avait, pour s'abriter du vent, des lames, de la pluie, qu'un petit rouf goudronné, à peine assez large pour tenir une table et deux couchettes. Aussi il fallait voir nos matelots par les gros temps. Les figures ruisselaient, les vareuses trempées fumaient comme du linge à l'étuve, et en plein hiver les malheureux passaient ainsi des journées entières, même des nuits, accroupis sur leurs bancs mouillés, à grelotter dans cette humidité malsaine : car on ne pouvait pas allumer

22

de feu à bord, et la rive était souvent difficile à
atteindre... Eh bien! pas un de ces hommes ne
se plaignait. Par les temps les plus rudes, je leur
ai toujours vu la même placidité, la même bonne
humeur. Et pourtant quelle triste vie que celle
de ces matelots douaniers!

Presque tous mariés, ayant femme et enfants à
terre, ils restent des mois dehors, à louvoyer sur
ces côtes si dangereuses. Pour se nourrir, ils
n'ont guère que du pain moisi et des oignons
sauvages. Jamais de vin, jamais de viande, parce
que la viande et le vin coûtent cher et qu'ils ne
gagnent que cinq cents francs par an! Cinq cents
francs par an! Vous pensez si la hutte doit être
noire là-bas, à la *Marine,* et si les enfants doivent
aller pieds nus... N'importe! tous ces gens-là
paraissaient contents. Il y avait à l'arrière, devant
le rouf, un grand baquet plein d'eau de pluie où
l'équipage venait boire, et je me rappelle que, la
dernière gorgée finie, chacun de ces pauvres
diables secouait son gobelet avec un « Ah!... »
de satisfaction, une expression de bien-être à la
fois comique et attendrissante.

Le plus gai, le plus satisfait de tous était un
petit Bonifacien hâlé et trapu qu'on appelait
Palombo. Celui-là ne faisait que chanter, même
dans les plus gros temps. Quand la lame devenait

lourde, quand le ciel assombri et bas se remplissait de grésil, et qu'on était là tous, le nez en l'air, la main sur l'écoute, à guetter le coup de vent qui allait venir, alors, dans le grand silence et l'anxiété du bord, la voix tranquille de Palombo commençait :

> Non, Monseigneur,
> C'est trop d'honneur.
> Lisette est sa...age,
> Reste au villa...age...

Et la rafale avait beau souffler, faire gémir les agrès, secouer et inonder la barque, la chanson du douanier allait son train, balancée comme une mouette à la pointe des vagues. Quelquefois le vent accompagnait trop fort, on n'entendait plus les paroles ; mais, entre chaque coup de mer, dans le ruissellement de l'eau qui s'égouttait, le petit refrain revenait toujours :

> Lisette est sa...age,
> Reste au villa...age...

Un jour pourtant qu'il ventait et pleuvait très fort, je ne l'entendis pas. C'était si extraordinaire que je sortis la tête du rouf : « Eh ! Palombo, on ne chante donc plus ? » Palombo ne répondit pas. Il était immobile, couché sous son banc. Je m'approchai de lui. Ses dents claquaient ; tout son corps tremblait de fièvre. « Il a une *poun-toura* », me dirent ses camarades tristement. Ce qu'ils appellent *pountoura*, c'est un point de côté, une pleurésie. Ce grand ciel plombé, cette barque ruisselante, ce pauvre fiévreux roulé dans un vieux manteau de caoutchouc qui luisait sous la pluie comme une peau de phoque, je n'ai jamais rien vu de plus lugubre. Bientôt le froid, le vent, la secousse des vagues, aggravèrent son mal. Le délire le prit; il fallut aborder.

Après beaucoup de temps et d'efforts, nous entrâmes vers le soir dans un petit port aride et silencieux, qu'animait seulement le vol circulaire de quelques *gouailles*. Tout autour de la plage montaient de hautes roches escarpées, des maquis inextricables d'arbustes verts, d'un vert sombre, sans saison. En bas, au bord de l'eau, une petite maison blanche à volets gris : c'était le poste de la douane. Au milieu de ce désert, cette bâtisse de l'État numérotée comme une casquette d'uniforme avait quelque chose de sinistre. C'est là qu'on descendit le malheureux Palombo. Triste asile pour un malade. Nous trouvâmes le douanier en train de manger au coin du feu avec sa femme et ses enfants. Tout ce monde-là vous avait des mines hâves, jaunes, des yeux agrandis, cerclés de fièvre. La mère, jeune encore, un nour-

risson sur les bras, grelottait en nous parlant.
« C'est un poste terrible, me dit tout bas l'inspecteur. Nous sommes obligés de renouveler
nos douaniers tous les deux ans. La fièvre de
marais les mange... »

Il s'agissait cependant de se procurer un médecin. Il n'y en avait pas avant Sartène, c'est-à-
dire à six ou huit lieues de là. Comment faire ?
Nos matelots n'en pouvaient plus ; c'était trop
loin pour envoyer un des enfants. Alors la femme,
se penchant dehors, appela : « Cecco !... Cecco ! »
et nous vîmes entrer un grand gars bien découplé,
vrai type de braconnier ou de *banditto,* avec son
bonnet de laine brune et son *pelone* en poil de
chèvre. En débarquant je l'avais déjà remarqué,
assis devant la porte, sa pipe rouge aux dents,
un fusil entre les jambes ; mais, je ne sais pourquoi, il s'était enfui à notre approche. Peut-être
croyait-il que nous avions des gendarmes avec
nous. Quand il entra, la douanière rougit un
peu. « C'est mon cousin, nous dit-elle... Pas de
danger que celui-là se perde dans le maquis. »
Puis elle lui parla tout bas en montrant le malade. L'homme s'inclina sans répondre, sortit, siffla
son chien, et le voilà parti, le fusil sur l'épaule,
sautant de roche en roche avec ses longues
jambes.

Pendant ce temps-là les enfants, que la présence de l'inspecteur semblait terrifier, finissaient
vite leur dîner de châtaignes et de *brucio* (fromage
blanc). Et toujours de l'eau, rien que de l'eau
sur la table! Pourtant c'eût été bien bon, un coup
de vin pour ces petits. Enfin la mère monta les
coucher; le père, allumant son falot, alla inspecter
la côte, et nous restâmes au coin du feu à veiller
notre malade, qui s'agitait sur son grabat comme
s'il était encore en pleine mer, secoué par les lames.
Pour calmer un peu sa *pountoura,* nous faisions
chauffer des galets, des briques, qu'on lui posait
sur le côté. Une ou deux fois, quand je m'approchai de son lit, le malheureux me reconnut, et,
pour me remercier, me tendit péniblement la
main, une grosse main râpeuse et brûlante comme
une de ces briques sorties du feu...

Triste veillée! Au dehors, le mauvais temps
avait repris avec la tombée du jour, et c'était un
fracas, un roulement, un jaillissement d'écume,
la bataille des roches et de l'eau. De temps en
temps, le coup de vent du large parvenait à se
glisser dans la baie et enveloppait notre maison.
On le sentait à la montée subite de la flamme
qui éclairait tout à coup les visages mornes des
matelots groupés autour de la cheminée et regardant le feu avec cette placidité d'expression que

donne l'habitude des grandes étendues et des
horizons pareils. Parfois aussi, Palombo se plaignait doucement. Alors tous les yeux se tournaient vers le coin obscur où le pauvre camarade
était en train de mourir, loin des siens, sans
secours ; les poitrines se gonflaient et l'on entendait de gros soupirs. C'est tout ce qu'arrachait à
ces ouvriers de la mer, patients et doux, le sentiment de leur propre infortune. Pas de révoltes,
pas de grèves. Un soupir, et rien de plus... Si,
pourtant, je me trompe. En passant devant moi
pour jeter une bourrée au feu, un d'eux me dit
tout bas, d'une voix navrée : « Voyez-vous, Monsieur,... on a quelquefois beaucoup *du* tourment
dans notre métier. »

LE CABECILLA

E bon père achevait de dire sa messe, quand on lui amena les prisonniers. C'était dans un coin sauvage des monts Arichulégui. Une roche éboulée, où un figuier géant enfonçait sa tige tordue, formait une sorte d'autel recouvert, — en guise de nappe, — d'un étendard carliste aux franges d'argent. Deux alcarazas ébréchés tenaient lieu de burettes, et quand le sacristain Miguel, qui servait la messe, se levait pour changer les Évangiles de côté, on entendait sonner les cartouches dans sa giberne. Tout autour, les soldats de Carlos étaient rangés silencieusement, le fusil en bandoulière, un genou à terre sur le béret blanc. Un grand soleil, le soleil de Pâques en Navarre, concentrait sa chaleur éblouissante dans ce creux de roche brûlant et sonore, où le vol d'un merle gris traver-

sait seul de temps en temps les psalmodies du
prêtre et du servant. Plus haut, sur le pic en dentelle, des sentinelles se tenaient debout, dessinant
dans le ciel des silhouettes immobiles.

Singulier spectacle, ce prêtre chef d'armée officiant au milieu de ses soldats! Et comme la
double existence du cabecilla se lisait bien sur sa
physionomie! L'air extatique, les traits durs, ac-
centués encore par le teint bronzé du soldat en
campagne, un ascétisme sans pâleur, où il manquait l'ombre du cloître, des yeux petits, noirs,
très brillants, le front traversé d'énormes veines
qui semblaient nouer la pensée comme avec des
cordes, la fixer dans un entêtement inextricable.
Chaque fois qu'il se retournait vers l'assistance,
les bras ouverts pour dire *Dominus vobiscum,* on
apercevait l'uniforme sous l'étole, et la crosse
d'un pistolet, le manche d'un couteau catalan
soulevant le surplis froissé. « Qu'est-ce qu'il va
faire de nous? » se demandaient les prisonniers
avec terreur; et, en attendant la fin de la messe,
ils se rappelaient tous les actes de férocité qu'on
racontait du cabecilla et qui lui avaient valu un
renom à part dans l'armée royaliste.

Par miracle, ce matin-là, le père était d'humeur clémente. Cette messe au grand air, son
succès de la veille, et aussi l'allégresse du jour de

Contes d'Alphonse Daudet.   23

Pâques, sensible encore à cet étrange prêtre, mettaient sur sa figure un rayon de joie et de bonté. Sitôt l'office terminé, pendant que le sacristain débarrassait l'autel, enfermant les vases sacrés dans une grande caisse qu'on portait à dos de mulet derrière l'expédition, le curé s'avança vers les prisonniers. Ils étaient là une douzaine de carabiniers républicains, affaissés par une journée de bataille et une nuit d'angoisses dans la paille de la bergerie où on les avait enfermés après l'action. Jaunes de peur, hâves de faim, de soif, de fatigue, ils se serraient les uns contre les autres comme un troupeau dans une cour d'abattoir. Leurs uniformes remplis de foin, leurs buffleteries en désordre, remontées dans la fuite, dans le sommeil, la poussière qui les couvrait entièrement du pompon de leurs casquettes à la pointe de leurs souliers jaunes, tout contribuait bien à leur donner cette physionomie sinistre des vaincus où le découragement moral se trahit par l'accablement physique. Le cabecilla les regarda un instant avec un petit rire de triomphe. Il n'était pas fâché de voir les soldats de la République, humbles, blafards, déguenillés, au milieu des carlistes bien repus, bien équipés, des montagnards navarrais et basques, bruns et secs comme des caroubes...

« *Viva Dios!* mes enfants, leur dit-il d'un air
bonhomme, la République nourrit bien mal ses
défenseurs. Vous voilà tous aussi maigres que les
loups des Pyrénées quand les montagnes sont
couvertes de neige et qu'ils viennent dans la
plaine flairer l'odeur de la carne aux lumières qui
luisent sous les portes des maisons... On est autrement traité au service de la bonne cause. Voulez-
vous en essayer, *hermanos?* Jetez ces infâmes
casquettes et coiffez-vous du béret blanc... Aussi
vrai que c'est aujourd'hui le saint jour de Pâques,
ceux qui crieront : « Vive le roi ! » je leur donne
la vie sauve et les vivres de campagne comme à
mes autres soldats. »

Avant que le bon père eût fini, toutes les casquettes étaient en l'air, et les cris de « Vive le roi
Carlos ! — Vive le cabecilla ! » retentissaient dans
la montagne. Pauvres diables ! Ils avaient eu si
grand'peur de mourir ; et c'était si tentant toutes
ces bonnes viandes qu'ils sentaient là près d'eux,
en train de griller à l'abri des roches, devant des
feux de bivac roses et légers dans la grande
lumière. Je crois que jamais le prétendant ne fut
acclamé de si bon cœur. « Qu'on leur donne vite
à manger, dit le curé en riant. Quand les loups
crient de cette force, c'est qu'ils ont les dents
longues. » Les carabiniers s'éloignèrent. Mais un

d'entre eux, le plus jeune, resta debout devant le
chef, dans une attitude fière et résolue qui con-
trastait avec ses traits d'enfant et le duvet fin, à
peine coloré, enveloppant ses joues d'une poudre
blonde. Sa capote trop grande lui faisait des plis
dans le dos, sur les bras, se relevait aux manches
sur deux poignets grêles, et par son ampleur l'a-
mincissait, le rajeunissait encore. Il y avait de la
fièvre dans ses longs yeux brillants, des yeux
d'Arabe avivés de flamme espagnole. Et cette
flamme fixe gênait le cabecilla.

« Qu'est-ce que tu veux? lui demanda-t-il.

— Rien... J'attends que vous décidiez de mon
sort.

— Mais ton sort sera celui des autres. Je n'ai
nommé personne. La grâce était pour tous.

— Les autres sont des traîtres et des lâches...
Moi seul je n'ai rien crié. »

Le cabecilla tressaillit et le regarda bien en face :

« Comment t'appelles-tu ?

— Tonio Vidal.

— D'où es-tu?

— De Puycerda.

— Quel âge?

— Dix-sept ans.

— La République n'a donc plus d'hommes,
qu'elle est réduite à enrôler des enfants?

— On ne m'a pas enrôlé, padre... Je suis vo-
lontaire.

— Tu sais, drôle, que j'ai plus d'un moyen
pour te faire crier : « Vive le roi ! »

L'enfant eut un geste superbe : « Je vous en
défie !

— Tu aimes donc mieux mourir ?

— Cent fois !

— C'est bien,... tu mourras. »

Alors le curé fit un signe, et le peloton d'exécution vint se ranger autour du condamné, qui
ne sourcilla pas. Devant ce beau courage, le chef
eut un mouvement de pitié : « Tu n'as rien à me
demander avant?... Veux-tu manger? Veux-tu
boire?

— Non ! répondit l'enfant ; mais je suis bon
catholique, et je ne voudrais pas arriver devant
Dieu sans confession. »

Le cabecilla avait encore son surplis et son
étole. « Agenouille-toi », dit-il en s'asseyant sur
une roche. Et, les soldats s'étant écartés, le condamné commença à voix basse : « Bénissez-moi,
mon père, parce que j'ai péché... »

Mais voici qu'au milieu de la confession, une
fusillade terrible éclate à l'entrée du défilé.

« Aux armes ! » crient les sentinelles.

Le cabecilla bondit, donne ses ordres, distribue

les postes, éparpille ses soldats. Lui-même a sauté sur une espingole sans prendre le temps d'ôter son surplis, lorsqu'en se retournant il aperçoit l'enfant toujours à genoux.

« Qu'est-ce que tu fais là, toi ?

— J'attends l'absolution.

— C'est vrai, dit le prêtre... Je t'avais oublié. »

Gravement il élève la main, bénit cette jeune tête inclinée; puis, avant de partir, cherchant des yeux autour de lui le peloton d'exécution dispersé dans le désordre de l'attaque, il s'écarte d'un pas, met son pénitent en joue, et le foudroie à bout portant.

LES SAUTERELLES

A nuit de mon arrivée dans cette ferme d'Algérie, je ne pus pas dormir. Le pays nouveau, l'agitation du voyage, les aboiements des chacals, puis une chaleur énervante, oppressante, un étouffement complet, comme si les mailles de la moustiquaire n'avaient pas laissé passer un souffle d'air... Quand j'ouvris ma fenêtre, au petit jour, une brume d'été lourde, lentement remuée, frangée aux bords de noir et de rose, flottait dans l'air, comme un nuage de poudre sur un champ de bataille. Pas une feuille ne bougeait, et, dans ces beaux jardins que j'avais sous les yeux, les vignes espacées sur les pentes au grand soleil qui fait les vins sucrés, les fruits d'Europe abrités dans un coin d'ombre, les petits orangers, les mandariniers en longues files microscopiques, tout gardait le même aspect morne, cette immobilité des feuilles attendant l'orage. Les bananiers eux-mêmes, ces grands roseaux vert tendre, toujours agités par quelque souffle qui emmêle leur fine chevelure si légère, se dressaient, silencieux et droits, en panaches réguliers.

Je restai un moment à regarder cette plantation merveilleuse, où tous les arbres du monde se trouvaient réunis, donnant chacun dans leur saison leurs fleurs et leurs fruits dépaysés. Entre les champs de blé et les massifs de chênes lièges, un cours d'eau luisait, rafraîchissant à voir par cette matinée étouffante ; et, tout en admirant le luxe et l'ordre de ces choses, cette belle ferme avec ses arcades mauresques, ses terrasses toutes blanches d'aube, les écuries et les hangars groupés autour, je songeais qu'il y a vingt ans, quand ces braves gens étaient venus s'installer dans ce vallon du Sahel, ils n'avaient trouvé qu'une méchante baraque de cantonnier, une terre inculte hérissée de palmiers nains et de lentisques. Tout à créer, tout à construire. A chaque instant des révoltes d'Arabes : il fallait laisser la charrue pour faire le coup de feu. Ensuite les maladies, les ophtalmies, les fièvres, les récoltes manquées, les tâtonnements de l'inexpérience, la lutte avec une administration bornée, toujours flottante. Que

d'efforts! que de fatigues! quelle surveillance
incessante!

Encore maintenant, malgré les mauvais temps
finis et la fortune si chèrement gagnée, tous deux,
l'homme et la femme, étaient les premiers levés
à la ferme. A cette heure matinale je les entendais aller et venir dans les grandes cuisines du
rez-de-chaussée, surveillant le café des travail-
leurs. Bientôt une cloche sonna, et au bout d'un
moment les ouvriers défilèrent sur la route. Des
vignerons de Bourgogne, des laboureurs kabyles
en guenilles, coiffés d'une chechia rouge; des
terrassiers mahonais, les jambes nues, des Maltais, des Lucquois, tout un peuple disparate,
difficile à conduire. A chacun d'eux le fermier,
debout devant la porte, distribuait sa tâche de la
journée, d'une voix brève, un peu rude. Quand
il eut fini, le brave homme leva la tète, scruta le
ciel d'un air inquiet; puis, m'apercevant à la fenêtre:

« Mauvais temps pour la culture, me dit-il,...
voilà le siroco. »

En effet, à mesure que le soleil se levait, des
bouffées d'air, brûlantes, suffocantes, nous arrivaient du sud comme de la porte d'un four
ouverte et refermée. On ne savait où se mettre,
que devenir. Toute la matinée se passa ainsi.

24

Nous prîmes du café sur les nattes de la galerie sans avoir le courage de parler ni de bouger. Les chiens, allongés, cherchant la fraîcheur des dalles, s'étendaient dans des poses accablées. Le déjeuner nous remit un peu, un déjeuner plantureux et singulier où il y avait des carpes, des truites, du sanglier, du hérisson, le beurre de Staouëli, les vins de Crescia, des goyaves, des bananes, tout un dépaysement de mets qui ressemblait bien à la nature si complexe dont nous étions entourés... On allait se lever de table. Tout à coup, à la porte-fenêtre fermée pour nous garantir de la chaleur du jardin en fournaise, de grands cris retentirent : « Les criquets ! les criquets ! »

Mon hôte devint tout pâle, comme un homme à qui on annonce un désastre, et nous sortîmes précipitamment. Pendant dix minutes, ce fut dans l'habitation, si calme tout à l'heure, un bruit de pas précipités, de voix indistinctes, perdues dans l'agitation d'un réveil. De l'ombre des vestibules où ils s'étaient endormis, les serviteurs s'élancèrent dehors en faisant résonner avec des bâtons, des fourches, des fléaux, tous les ustensiles de métal qui leur tombaient sous la main, des chaudrons de cuivre, des bassines, des casseroles. Les bergers soufflaient dans leurs trompes de pâturage. D'autres avaient des conques ma-

rines, des cors de chasse. Cela faisait un vacarme
effrayant, discordant, que dominaient d'une note
suraiguë les « You! you! you! » des femmes
arabes accourues d'un douar voisin. Souvent,
paraît-il, il suffit d'un grand bruit, d'un frémissement sonore de l'air, pour éloigner les sauterelles, les empêcher de descendre.

Mais où étaient-elles donc, ces terribles bêtes?
Dans le ciel vibrant de chaleur, je ne voyais rien
qu'un nuage venant à l'horizon, cuivré, compact,
comme un nuage de grêle, avec le bruit d'un
vent d'orage dans les mille rameaux d'une forêt.
C'étaient les sauterelles. Soutenues entre elles
par leurs ailes sèches étendues, elles volaient en
masse, et, malgré nos cris, nos efforts, le nuage
s'avançait toujours, projetant dans la plaine une
ombre immense. Bientôt il arriva au-dessus de
nos têtes, sur les bords on vit pendant une seconde un effrangement, une déchirure. Comme
les premiers grains d'une giboulée, quelques-
unes se détachèrent, distinctes, roussâtres, ensuite
toute la nuée creva, et cette grêle d'insectes
tomba drue et bruyante. A perte de vue les
champs étaient couverts de criquets, de criquets
énormes, gros comme le doigt.

Alors le massacre commença. Hideux murmure
d'écrasement, de paille broyée. Avec les herses,

les pioches, les charrues, on remuait ce sol mouvant; et plus on en tuait, plus il y en avait. Elles grouillaient par couches, leurs hautes pattes enchevêtrées; celles du dessus faisant des bonds de détresse, sautant au nez des chevaux attelés pour cet étrange labour. Les chiens de la ferme, ceux du douar, lancés à travers champs, se ruaient sur elles, les broyaient avec fureur. A ce moment, deux compagnies de turcos, clairons en tête, arrivèrent au secours des malheureux colons, et la tuerie changea d'aspect.

Au lieu d'écraser les sauterelles, les soldats les flambaient en répandant de longues tracées de poudre.

Fatigué de tuer, écœuré par l'odeur infecte, je rentrai. A l'intérieur de la ferme, il y en avait presque autant que dehors. Elles étaient entrées par les ouvertures des portes, des fenêtres, la baie des cheminées. Au bord des boiseries, dans les rideaux déjà tout mangés, elles se traînaient, tombaient, volaient, grimpaient aux murs blancs avec une ombre gigantesque qui doublait leur laideur. Et toujours cette odeur épouvantable. A dîner, il fallut se passer d'eau. Les citernes, les bassins, les puits, les viviers, tout était infecté. Le soir, dans ma chambre, où l'on en avait pourtant tué des quantités, j'entendis encore des

grouillements sous les meubles, et ce craquement
d'élytres semblable au pétillement des gousses
qui éclatent à la grande chaleur. Cette nuit-là
non plus je ne pus pas dormir. D'ailleurs autour
de la ferme tout restait éveillé. Des flammes couraient au ras du sol d'un bout à l'autre de la
plaine. Les turcos en tuaient toujours.

Le lendemain, quand j'ouvris ma fenêtre comme
la veille, les sauterelles étaient parties ; mais quelle
ruine elles avaient laissée derrière elles ! Plus une
fleur, plus un brin d'herbe : tout était noir, rongé,
calciné. Les bananiers, les abricotiers, les pê-
chers, les mandariniers, se reconnaissaient seulement à l'allure de leurs branches dépouillées,
sans le charme, le flottant de la feuille qui est la
vie de l'arbre. On nettoyait les pièces d'eau, les
citernes. Partout des laboureurs creusaient la
terre pour tuer les œufs laissés par les insectes.
Chaque motte était retournée, brisée soigneusement. Et le cœur se serrait de voir les mille racines blanches, pleines de sève, qui apparaissaient
dans ces écroulements de terre fertile...

LE CARAVANSÉRAIL

E ne peux pas me rappeler sans
sourire le désenchantement que
j'ai eu en mettant le pied pour
la première fois dans un caravansérail d'Algérie. Ce joli mot de
caravansérail, que traverse comme un éblouissement tout l'Orient féerique des *Mille et une Nuits*,
avait dressé dans mon imagination des enfilades
de galeries découpées en ogives, des cours mauresques plantées de palmiers, où la fraîcheur d'un
mince filet d'eau s'égrenait en gouttes mélanco-
liques sur des carreaux de faïence émaillée; tout
autour, des voyageurs en babouches, étendus sur
des nattes, fumaient leurs pipes à l'ombre des
terrasses, et de cette halte montait sous le grand
soleil des caravanes une odeur lourde de musc,
de cuir brûlé, d'essence de roses et de tabac doré...

Les mots sont toujours plus poétiques que les

choses. Au lieu du caravansérail que je m'imaginais, je trouvai une ancienne auberge de l'Ile-de-France, l'auberge du grand chemin, station de rouliers, relais de poste, avec sa branche de houx, son banc de pierre à côté du portail, et tout un monde de cours, de hangars, de granges, d'écuries.

Il y avait loin de là à mon rêve des *Mille et une Nuits;* pourtant, cette première désillusion passée, je sentis bien vite le charme et le pittoresque de cette hôtellerie franque perdue, à cent lieues d'Alger, au milieu d'une immense plaine qu'horizonnait un fond de petites collines pressées et bleues comme des vagues. D'un côté, l'Orient pastoral, des champs de maïs, une rivière bordée de lauriers-roses, la coupole blanche de quelque vieux tombeau; de l'autre, la grand'route, apportant dans ce paysage de l'Ancien Testament le bruit, l'animation de la vie européenne. C'est ce mélange d'Orient et d'Occident, ce bouquet d'Algérie moderne, qui donnait au caravansérail de Mme Schontz une physionomie si amusante, si originale.

Je vois encore la diligence de Tlemcen entrant dans cette grande cour, au milieu des chameaux accroupis, tout chargés de burnous et d'œufs d'autruche. Sous les hangars, des nègres font leur

kousskouss, des colons déballent une charrue
modèle, des Maltais jouent aux cartes sur une
mesure à blé. Les voyageurs descendent, on
change de chevaux ; la cour est encombrée. C'est
un spahi à manteau rouge qui fait la fantasia pour
les filles de l'auberge, deux gendarmes arrêtés
devant la cuisine, buvant un coup sans quitter
l'étrier ; dans un coin, des juifs algériens en bas
bleus, en casquette, qui dorment sur des ballots
de laine, en attendant l'ouverture du marché :
car deux fois par semaine un grand marché arabe
se tenait sous les murs du caravansérail.

Ces jours-là, en ouvrant ma fenêtre le matin,
j'avais en face de moi un fouillis de petites tentes,
une houle bruyante et colorée où les chechias
rouges des Kabyles éclataient comme des coque-
licots dans un champ, et c'étaient jusqu'au soir des
cris, des disputes, un fourmillement de silhouettes
au soleil. Au jour tombant, les tentes se pliaient ;
hommes, chevaux, tout disparaissait, s'en allait
avec la lumière, comme un de ces petits mondes
tourbillonnants que le soleil emporte dans ses
rayons. Le plateau restait nu, la plaine redevenait
silencieuse, et le crépuscule d'Orient passait dans
l'air avec ses teintes irisées et fugitives comme
des bulles de savon... Pendant dix minutes, tout
l'espace était rose. Il y avait, je me rappelle, à la

porte du caravansérail, un vieux puits si bien enveloppé dans ces lueurs du couchant que sa margelle usée semblait de marbre rose; le seau ramenait de la flamme, la corde ruisselait de gouttes de feu...

Peu à peu cette belle couleur de rubis s'éteignait, passait à la mélancolie du lilas; puis le lilas lui-même s'étalait en s'assombrissant. Un bruissement confus courait jusqu'au bout de l'immense plaine; et tout à coup, dans le noir, dans le silence, éclatait la musique sauvage des nuits d'Afrique : clameurs éperdues des cigognes, aboiements des chacals et des hyènes, et de loin en loin un mugissement sourd, presque solennel, qui faisait frissonner les chevaux dans les écuries, les chameaux sous les hangars des cours...

Oh! comme cela semblait bon, en sortant tout transi de ces flots d'ombre, de descendre dans la salle à manger du caravansérail, et d'y trouver le rire, la chaleur, les lumières, ce beau luxe de linge frais et de cristaux clairs qui est si français! Il y avait là, pour vous faire les honneurs de la table, Mᵐᵉ Schontz, une ancienne beauté de Mulhouse, et la jolie Mˡˡᵉ Schontz, que sa joue en fleur un peu hâlée et sa coiffe alsacienne aux ailes de tulle noir faisaient ressembler à une rose sauvage de Guebviller ou de Rouge-Goutte sur la-

quelle se serait posé un papillon… Étaient-ce les
yeux de la fille, ou le petit vin d'Alsace que la
mère vous versait au dessert, mousseux et doré
comme du champagne? Toujours est-il que les
dîners du caravansérail avaient un grand renom
dans les camps du sud… Les tuniques bleu de
ciel s'y pressaient à côté des vestons de hussards
galonnés de soutaches et de brandebourgs; et,
bien avant dans la nuit, la lumière s'attardait aux
vitres de la grande auberge.

Le repas fini, la table enlevée, on ouvrait un
vieux piano qui dormait là depuis vingt ans, et
l'on se mettait à chanter des airs de France; ou
bien, sur une Lauterbach quelconque, un jeune
Werther à sabretache faisait faire un tour de valse
à Mlle Schontz. Au milieu de cette gaieté militaire un peu bruyante, dans ce cliquetis d'aiguil-
lettes, de grands sabres et de petits verres, ce
rythme langoureux qui passait, ces deux cœurs
qui battaient en mesure, enfermés dans le tour-
noiement de la valse, ces serments d'amour éter-
nel qui mouraient sur un dernier accord, vous ne
pouvez rien vous figurer de plus charmant.

Quelquefois, dans la soirée, la grosse porte du
caravansérail s'ouvrait à deux battants, des chevaux piaffaient dans la cour. C'était un aga du
voisinage qui, s'ennuyant avec ses femmes, venait

frôler la vie occidentale, écouter le piano des roumis et boire du vin de France. *Une seule goutte de vin est maudite,* dit Mahomet dans son Coran ; mais il y a des accommodements avec la loi. A chaque verre qu'on lui versait, l'aga prenait, avant de boire, une goutte au bout de son doigt, la secouait gravement, et, cette goutte maudite une fois chassée, il buvait le reste sans remords. Alors, tout étourdi de musique et de lumières, l'Arabe se couchait par terre dans ses burnous, riait silencieusement en montrant ses dents blanches, et suivait les ronds de la valse avec des yeux enflammés.

... Hélas! maintenant où sont-ils les valseurs de Mlle Schontz? où sont les tuniques bleu de ciel, les jolis hussards à taille de guêpe? Dans les houblonnières de Wissembourg, dans les sainfoins de Gravelotte... Personne ne viendra plus boire le petit vin d'Alsace au caravansérail de Mme Schontz. Les deux femmes sont mortes, le fusil au poing, en défendant contre les Arabes leur caravansérail incendié. De l'ancienne hôtellerie si vivante, les murs seuls, — ces grands ossements des bâtisses, — restent debout, tout calcinés. Les chacals rôdent dans les cours. Çà et là un bout d'écurie, un hangar épargné par la flamme se dresse comme une apparition de vie; et le

vent, ce vent de désastre qui souffle depuis deux
ans sur notre pauvre France des bords du Rhin
jusqu'à Laghouat, de la Saar au Sahara, passe
chargé de plaintes dans ces ruines et fait battre
les portes tristement.

UN DÉCORÉ DU 15 AOÛT

(Contes de Daudet)

UN DÉCORÉ DU QUINZE AOUT

N soir, en Algérie, à la fin d'une journée de chasse, un violent orage me surprit dans la plaine du Chélif, à quelques lieues d'Orléansville. Pas l'ombre d'un village ni d'un caravansérail en vue. Rien que des palmiers nains, des fourrés de lentisques et de grandes terres labourées jusqu'au bout de l'horizon. En outre, le Chélif, grossi par l'averse, commençait à ronfler d'une façon alarmante, et je courais risque de passer ma nuit en plein marécage. Heureusement l'interprète civil du bureau de Milianah, qui m'accompagnait, se souvint qu'il y avait tout près de nous, cachée dans un pli de terrain, une tribu dont il connaissait l'aga, et nous nous décidâmes à aller lui demander l'hospitalité pour une nuit.

Ces villages arabes de la plaine sont tellement

enfouis dans les cactus et les figuiers de Barbarie,
leurs gourbis de terre sèche sont bâtis si ras du
sol, que nous étions au milieu du douar avant de
l'avoir aperçu. Était-ce l'heure, la pluie, ce grand
silence?... Mais le pays me parut bien triste et
comme sous le poids d'une angoisse qui y avait
suspendu la vie. Dans les champs, tout autour,
la récolte s'en allait à l'abandon. Les blés, les
orges, rentrés partout ailleurs, étaient là couchés,
en train de pourrir sur place. Des herses, des
charrues rouillées, traînaient, oubliées sous la
pluie. Toute la tribu avait ce même air de tristesse délabrée et d'indifférence. C'est à peine si
les chiens aboyaient à notre approche. De temps
en temps, au fond d'un gourbi, on entendait des
cris d'enfant, et l'on voyait passer dans le fourré
la tête rase d'un gamin, ou le haïck troué de
quelque vieux. Çà et là, de petits ânes, grelottant
sous les buissons. Mais pas un cheval, pas un
homme,... comme si on était encore au temps
des grandes guerres, et tous les cavaliers partis
depuis des mois.

La maison de l'aga, espèce de longue ferme
aux murs blancs, sans fenêtres, ne paraissait pas
plus vivante que les autres. Nous trouvâmes les
écuries ouvertes, les box et les mangeoires vides,
sans un palefrenier pour recevoir nos chevaux.

« Allons voir au café maure », me dit mon compagnon.

Ce qu'on appelle le café maure est comme le salon de réception des châtelains arabes; une maison dans la maison, réservée aux hôtes de passage, et où ces bons musulmans si polis, si affables, trouvent moyen d'exercer leurs vertus hospitalières tout en gardant l'intimité familiale que commande la loi. Le café maure de l'aga Si-Sliman était ouvert et silencieux comme ses écuries. Les hautes murailles peintes à la chaux, les trophées d'armes, les plumes d'autruche, le large divan bas courant autour de la salle, tout cela ruisselait sous les paquets de pluie que la rafale chassait par la porte... Pourtant il y avait du monde dans le café. D'abord le cafetier, vieux Kabyle en guenilles, accroupi la tête entre ses genoux, près d'un brasero renversé. Puis le fils de l'aga, un bel enfant fiévreux et pâle, qui reposait sur le divan, roulé dans un burnous noir, avec deux grands lévriers à ses pieds.

Quand nous entrâmes, rien ne bougea; tout au plus si un des lévriers remua la tête, et si l'enfant daigna tourner vers nous son bel œil noir, enfiévré et languissant.

« Et Si-Sliman? » demanda l'interprète.

Le cafetier fit par-dessus sa tête un geste vague

qui montrait l'horizon, loin, bien loin... Nous
comprîmes que Si-Sliman était parti pour quelque
grand voyage ; mais, comme la pluie ne nous
permettait pas de nous remettre en route, l'interprète, s'adressant au fils de l'aga, lui dit en arabe
que nous étions des amis de son père, et que
nous lui demandions un asile jusqu'au lendemain.
Aussitôt l'enfant se leva, malgré le mal qui le
brûlait, donna des ordres au cafetier, puis, nous
montrant les divans d'un air courtois, comme
pour nous dire : « Vous êtes mes hôtes », il salua
à la manière arabe, la tête inclinée, un baiser du
bout des doigts, et, se drapant fièrement dans ses
burnous, sortit avec la gravité d'un aga et d'un
maître de maison.

Derrière lui, le cafetier ralluma son brasero,
posa dessus deux bouilloires microscopiques, et,
tandis qu'il nous préparait le café, nous pûmes
lui arracher quelques détails sur le voyage de son
maître et l'étrange abandon où se trouvait la
tribu. Le Kabyle parlait vite, avec des gestes de
vieille femme, dans un beau langage guttural,
tantôt précipité, tantôt coupé de grands silences
pendant lesquels on entendait la pluie tombant
sur la mosaïque des cours intérieures, les bouilloires qui chantaient, et les aboiements des chacals répandus par milliers dans la plaine.

Voici ce qui était arrivé au malheureux Si-
Sliman. Quatre mois auparavant, le jour du
15 août, il avait reçu cette fameuse décoration
de la Légion d'honneur qu'on lui faisait attendre
depuis si longtemps. C'était le seul aga de la
province qui ne l'eût pas encore. Tous les autres
étaient chevaliers, officiers; deux ou trois même
portaient autour de leur haïck le grand cordon de
commandeur et se mouchaient dedans en toute
innocence, comme je l'ai vu faire bien des fois
au bach'aga Boualem. Ce qui jusqu'alors avait
empêché Si-Sliman d'être décoré, c'est une que-
relle qu'il avait eue avec son chef de bureau arabe
à la suite d'une partie de bouillotte, et la cama-
raderie militaire est tellement puissante en Algérie que, depuis dix ans, le nom de l'aga figurait
sur des listes de proposition, sans jamais parvenir
à passer. Aussi vous pouvez vous imaginer la joie
du brave Si-Sliman, lorsqu'au matin du 15 août
un spahi d'Orléansville était venu lui apporter le
petit écrin doré avec le brevet de légionnaire, et
que Baïa, la plus aimée de ses quatre femmes,
lui avait attaché la croix de France sur son burnous en poils de chameau. Ce fut pour la tribu
l'occasion de diffas et de fantasias interminables.
Toute la nuit, les tambourins, les flûtes de roseau,
retentirent. Il y eut des danses, des feux de joie,

26

je ne sais combien de moutons tués ; et, pour que
rien ne manquât à la fête, un fameux improvisa-
teur du Djendel composa, en l'honneur de Si-
Sliman, une cantate magnifique qui commençait
ainsi : *Vent, attelle les coursiers pour porter la
bonne nouvelle...*

Le lendemain, au jour levant, Si-Sliman appela
sous les armes le ban et l'arrière-ban de son goum,
et s'en alla à Alger avec ses cavaliers pour remercier le gouverneur. Aux portes de la ville, le
goum s'arrêta, selon l'usage. L'aga se rendit seul
au palais du gouvernement, vit le duc de Mala-
koff et l'assura de son dévouement à la France,
en quelques phrases pompeuses de ce style oriental
qui passe pour imagé, parce que, depuis trois
mille ans, tous les jeunes hommes y sont com-
parés à des palmiers, toutes les femmes à des
gazelles. Puis, ces devoirs rendus, il monta se
faire voir dans la ville haute, fit, en passant, ses
dévotions à la mosquée, distribua de l'argent aux
pauvres, entra chez les barbiers, chez les bro-
deurs, acheta pour ses femmes des eaux de sen-
teur, des soies à fleurs et à ramages, des corselets
bleus tout passementés d'or, des bottes rouges
de cavalier pour son petit aga, payant sans mar-
chander et répandant sa joie en beaux douros.
On le vit dans les bazars, assis sur des tapis de

Smyrne, buvant le café à la porte des marchands maures, qui le félicitaient. Autour de lui la foule se pressait, curieuse. On disait : « Voilà Si-Sliman,... l'*Emberour* vient de lui envoyer la croix. » Et les petites Mauresques qui revenaient du bain, en mangeant des pâtisseries, coulaient sous leurs masques blancs de longs regards d'admiration vers cette belle croix d'argent neuf si fièrement portée. Ah! l'on a parfois de bons moments dans la vie!. .

Le soir venu, Si-Sliman se préparait à rejoindre son goum, et déjà il avait le pied dans l'étrier, quand un chaouch de la préfecture vint à lui tout essoufflé :

« Te voilà, Si-Sliman, je te cherche partout... Viens vite, le gouverneur veut te parler! »

Si-Sliman le suivit sans inquiétude. Pourtant, en traversant la grande cour mauresque du palais, il rencontra son chef du bureau arabe qui lui fit un mauvais sourire. Ce sourire d'un ennemi l'effraya, et c'est en tremblant qu'il entra dans le salon du gouverneur. Le maréchal le reçut à califourchon sur une chaise.

« Si-Sliman, lui dit-il avec sa brutalité ordinaire et cette fameuse voix de nez qui donnait le tremblement à tout son entourage, Si-Sliman, mon garçon, je suis désolé,... il y a eu erreur...

Ce n'est pas toi qu'on voulait décorer ; c'est le
kaïd des Zoug-Zougs... Il faut rendre ta croix. »

La belle tête bronzée de l'aga rougit comme
si on l'avait approchée d'un feu de forge. Un
mouvement convulsif secoua son grand corps.
Ses yeux flambèrent... Mais ce ne fut qu'un
éclair. Il les baissa presque aussitôt, et s'inclina
devant le gouverneur.

« Tu es le maître, Seigneur », lui dit-il ; et, arrachant la croix de sa poitrine, il la posa sur une
table. Sa main tremblait ; il y avait des larmes au
bout de ses longs cils. Le vieux Pélissier en fut
touché :

« Allons, allons, mon brave, ce sera pour l'année prochaine. »

Et il lui tendait la main d'un air bon enfant.

L'aga feignit de ne pas la voir, s'inclina sans
répondre et sortit. Il savait à quoi s'en tenir sur
la promesse du maréchal, et se voyait à tout jamais déshonoré par une intrigue de bureau.

Le bruit de sa disgrâce s'était déjà répandu
dans la ville. Les Juifs de la rue Bab-Azoun le
regardaient passer en ricanant. Les marchands
maures, au contraire, se détournaient de lui d'un
air de pitié ; et cette pitié lui faisait encore plus
de mal que ces rires. Il s'en allait, longeant les
murs, cherchant les ruelles les plus noires. La

place de sa croix arrachée le brûlait comme une
blessure ouverte. Et, tout le temps, il pensait :

« Que diront mes cavaliers ? que diront mes
femmes ? »

Alors il lui venait des bouffées de rage. Il se
voyait prêchant la guerre sainte, là-bas, sur les
frontières du Maroc toujours rouges d'incendies
et de batailles ; ou bien courant les rues d'Alger
à la tête de son goum, pillant les Juifs, massa-
crant les chrétiens, et tombant lui-même dans ce
grand désordre où il aurait caché sa honte. Tout
lui paraissait possible plutôt que de retourner
dans sa tribu... Tout à coup, au milieu de ses
projets de vengeance, la pensée de l'*Emberour*
jaillit en lui comme une lumière.

L'*Emberour* !... Pour Si-Sliman, comme pour
tous les Arabes, l'idée de justice et de puissance
se résumait dans ce seul mot. C'était le vrai chef
des croyants de ces musulmans de la décadence ;
l'autre, celui de Stamboul, leur apparaissait de
loin comme un être de raison, une sorte de pape
invisible qui n'avait gardé pour lui que le pouvoir
spirituel, et, dans l'hégire où nous sommes, on
sait ce que vaut ce pouvoir-là.

Mais l'*Emberour* avec ses gros canons, ses
zouaves, sa flotte en fer !... Dès qu'il eut pensé
à lui, Si-Sliman se crut sauvé. Pour sûr l'Empe-

reur allait lui rendre sa croix. C'était l'affaire de huit jours de voyage, et il le croyait si bien qu'il voulut que son goum l'attendît aux portes d'Alger. Le paquebot du lendemain l'emportait vers Paris, plein de recueillement et de sérénité, comme pour un pèlerinage à la Mecque.

Pauvre Si-Sliman! il y avait quatre mois qu'il était parti, et les lettres qu'il envoyait à ses femmes ne parlaient pas encore de retour. Depuis quatre mois, le malheureux aga était perdu dans le brouillard parisien, passant sa vie à courir les ministères, berné partout, pris dans le formidable engrenage de l'administration française, renvoyé de bureau en bureau, salissant ses burnous sur les coffres à bois des antichambres, à l'affût d'une audience qui n'arrivait jamais; puis, le soir, on le voyait, avec sa longue figure triste, ridicule à force de majesté, attendant sa clef dans un bureau d'hôtel garni, et il remontait chez lui, las de courses, de démarches, mais toujours fier, cramponné à l'espoir, s'acharnant comme un décavé à courir après son honneur...

Pendant ce temps-là, ses cavaliers, accroupis à la porte Bab-Azoun, attendaient avec le fatalisme oriental; les chevaux, au piquet, hennissaient du côté de la mer. Dans la tribu, tout était en suspens. Les moissons mouraient sur place, faute de bras. Les femmes, les enfants, comptaient les jours, la tête tournée vers Paris. Et c'était pitié de voir combien d'espoirs, d'inquiétudes et de ruines traînaient déjà à ce bout de ruban rouge... Quand tout cela finirait-il?

« Dieu seul le sait », disait le cafetier en soupirant, et, par la porte entr'ouverte, sur la plaine violette et triste, son bras nu nous montrait un petit croissant de lune blanche qui montait dans le ciel mouillé...

LE PAPE EST MORT

'AI passé mon enfance dans une grande ville de province coupée en deux par une rivière très encombrée, très remuante, où j'ai pris de bonne heure le goût des voyages et la passion de la vie sur l'eau. Il y a surtout un coin de quai, près d'une certaine passerelle Saint-Vincent, auquel je ne pense jamais, même aujourd'hui, sans émotion. Je revois l'écriteau cloué au bout d'une vergue : *Cornet, bateaux de louage*, le petit escalier qui s'enfonçait dans l'eau, tout glissant et noirci de mouillure, la flottille de petits canots fraîchement peints de couleurs vives, s'alignant au bas de l'échelle, se balançant doucement bord à bord, comme allégés par les jolis noms qu'ils portaient à leur arrière en lettres blanches : *l'Oiseau-Mouche, l'Hirondelle*.

Puis, parmi les longs avirons reluisants de céruse qui étaient en train de sécher contre le talus, le père Cornet s'en allant avec son seau à peinture, ses grands pinceaux, sa figure tannée, crevassée, ridée de mille petites fossettes comme la rivière un soir de vent frais... Oh! ce père Cornet! ç'a été le Satan de mon enfance, ma passion douloureuse, mon péché, mon remords. M'en a-t-il fait commettre des crimes avec ses canots! Je manquais l'école, je vendais mes livres. Qu'est-ce que je n'aurais pas vendu pour une après-midi de canotage!

Tous mes cahiers de classe au fond du bateau, la veste à bas, le chapeau en arrière, et dans les cheveux le bon coup d'éventail de la brise d'eau, je tirais ferme sur mes rames, en fronçant les sourcils pour bien me donner la tournure d'un vieux loup de mer. Tant que j'étais en ville, je tenais le milieu de la rivière, à égale distance des deux rives, où le vieux loup de mer aurait pu être reconnu. Quel triomphe de me mêler à ce grand mouvement de barques, de radeaux, de trains de bois, de mouches à vapeur qui se côtoyaient, s'évitaient, séparés seulement par un mince liséré d'écume! Il y avait de lourds bateaux qui tournaient pour prendre le courant, et cela en déplaçait une foule d'autres.

Contes d'Alphonse Daudet.   27

Tout à coup les roues d'un vapeur battaient l'eau près de moi; ou bien une ombre lourde m'arrivait dessus : c'était l'avant d'un bateau de pommes.

« Gare donc, moucheron! » me criait une voix enrouée; et je suais, je me débattais, empêtré dans le va-et-vient de cette vie du fleuve que la vie de la rue traversait incessamment par tous ces ponts, toutes ces passerelles, qui mettaient des reflets d'omnibus sous la coupe des avirons. Et le courant si dur à la pointe des arches, et les re-mous, les tourbillons, le fameux trou de la *Mort-qui-trompe!* Pensez que ce n'était pas une petite affaire de se guider là dedans avec des bras de douze ans et personne pour tenir la barre.

Quelquefois j'avais la chance de rencontrer la *chaîne*. Vite je m'accrochais tout au bout de ces longs trains de bateaux qu'elle remorquait, et, les rames immobiles, étendues comme des ailes qui planent, je me laissais aller à cette vitesse silencieuse qui coupait la rivière en longs rubans d'écume et faisait filer des deux côtés les arbres, les maisons du quai. Devant moi, loin, bien loin, j'entendais le battement monotone de l'hélice, un chien qui aboyait sur un des bateaux de la remorque où montait d'une cheminée basse un petit filet de fumée; et tout cela me donnait

l'illusion d'un grand voyage, de la vraie vie de
bord.

Malheureusement, ces rencontres de la *chaîne*
étaient rares. Le plus souvent il fallait ramer, et
ramer aux heures du soleil. Oh! les pleins midis
tombant d'aplomb sur la rivière, il me semble
qu'ils me brûlent encore. Tout flambait, tout
miroitait. Dans cette atmosphère aveuglante et
sonore qui flotte au-dessus des vagues et vibre
à tous leurs mouvements, les courts plongeons
de mes rames, les cordes des haleurs soulevées
de l'eau toutes ruisselantes, faisaient passer des
lumières vives d'argent poli. Et je ramais en fer-
mant les yeux. Par moments, à la vigueur de mes
efforts, à l'élan de l'eau sous ma barque, je me
figurais que j'allais très vite; mais, en relevant la
tête, je voyais toujours le même arbre, le même
mur en face de moi sur la rive.

Enfin, à force de fatigues, tout moite et rouge
de chaleur, je parvenais à sortir de la ville. Le
vacarme des bains froids, des bateaux de blan-
chisseuses, des pontons d'embarquement, dimi-
nuait. Les ponts s'espaçaient sur la rive élargie.
Quelques jardins de faubourg, une cheminée
d'usine, s'y reflétaient de loin en loin. A l'horizon
tremblaient des îles vertes. Alors, n'en pouvant
plus, je venais me ranger contre la rive, au milieu

des roseaux tout bourdonnants; et là, abasourdi
par le soleil, la fatigue, cette chaleur lourde qui
montait de l'eau étoilée de larges fleurs jaunes,
le vieux loup de mer se mettait à saigner du nez
pendant des heures. Jamais mes voyages n'avaient
un autre dénouement. Mais que voulez-vous?
je trouvais cela délicieux.

Le terrible, par exemple, c'était le retour, la
rentrée. J'avais beau revenir à toutes rames, j'arrivais toujours trop tard, longtemps après la sortie
des classes. L'impression du jour qui tombe,
les premiers becs de gaz dans le brouillard,
la retraite, tout augmentait mes transes, mon
remords. Les gens qui passaient, rentrant chez
eux bien tranquilles, me faisaient envie; et je
courais, la tête lourde, pleine de soleil et d'eau,
avec des ronflements de coquillages au fond des
oreilles, et déjà sur la figure le rouge du mensonge que j'allais dire.

Car il en fallait un chaque fois pour faire tête
à ce terrible « D'où viens-tu? » qui m'attendait
en travers de la porte. C'est cet interrogatoire
de l'arrivée qui m'épouvantait le plus. Je devais
répondre là, sur le palier, au pied levé, avoir
toujours une histoire prête, quelque chose à dire,
et de si étonnant, de si renversant, que la surprise
coupât court à toutes les questions. Cela me

donnait le temps d'entrer, de reprendre haleine ; et, pour en arriver là, rien ne me coûtait. J'inventais des sinistres, des révolutions, des choses terribles, tout un côté de la ville qui brûlait, le pont du chemin de fer s'écroulant dans la rivière. Mais ce que je trouvai encore de plus fort, le voici :

Ce soir-là, j'arrivai très en retard. Ma mère, qui m'attendait depuis une grande heure, guettait, debout, en haut de l'escalier.

« D'où viens-tu ? » me cria-t-elle.

Dites-moi ce qu'il peut tenir de diableries dans une tête d'enfant. Je n'avais rien trouvé, rien préparé. J'étais venu trop vite... Tout à coup il me passa une idée folle. Je savais la chère femme très pieuse, catholique enragée comme une Romaine, et je lui répondis dans tout l'essoufflement d'une grande émotion :

« O maman... Si vous saviez !...

— Quoi donc ?... Qu'est-ce qu'il y a encore ?

— Le pape est mort.

— Le pape est mort !... » fit la pauvre mère, et elle s'appuya toute pâle contre la muraille. Je passai vite dans ma chambre, un peu effrayé de mon succès et de l'énormité du mensonge ; pourtant j'eus le courage de le soutenir jusqu'au bout. Je me souviens d'une soirée funèbre et douce ; le

père très grave, la mère atterrée. On causait bas
autour de la table. Moi, je baissais les yeux;
mais mon escapade s'était si bien perdue dans la
désolation générale que personne n'y pensait
plus.

Chacun citait à l'envi quelque trait de vertu de
ce pauvre Pie IX; puis, peu à peu, la conversation
s'égarait à travers l'histoire des papes. Tante Rose
parla de Pie VII, qu'elle se souvenait très bien
d'avoir vu passer dans le Midi, au fond d'une
chaise de poste, entre des gendarmes. On rappela
la fameuse scène avec l'empereur : *Comme-
diante!... tragediante!...* C'était bien la centième
fois que je l'entendais raconter, cette terrible
scène, toujours avec les mêmes intonations, les
mêmes gestes, et ce stéréotypé des traditions de
famille qu'on se lègue et qui restent là, puériles et
locales, comme des histoires de couvent.

C'est égal, jamais elle ne m'avait paru si inté-
ressante.

Je l'écoutais avec des soupirs hypocrites, des
questions, un air de faux intérêt, et tout le temps
je me disais :

« Demain matin, en apprenant que le pape
n'est pas mort, ils seront si contents que personne
n'aura le courage de me gronder. »

Tout en pensant à cela, mes yeux se fermaient

malgré moi, et j'avais des visions de petits bateaux peints en bleu, avec des coins de Saône
alourdis par la chaleur, et de grandes pattes
argyronètes courant dans tous les sens et rayant
l'eau vitreuse, comme des pointes de diamant.

LA MORT DU DAUPHIN

E petit Dauphin est malade, le petit Dauphin va mourir. Dans toutes les églises du royaume, le saint sacrement demeure exposé nuit et jour et de grands cierges brûlent pour la guérison de l'enfant royal. Les rues de la vieille résidence sont tristes et silencieuses, les cloches ne sonnent plus, les voitures vont au pas. Aux abords du palais, les bourgeois curieux regardent, à travers les grilles, des suisses à bedaine dorée qui causent dans les cours d'un air important.

Tout le château est en émoi. Des chambellans, des majordomes, montent et descendent en courant les escaliers de marbre. Les galeries sont pleines de pages et de courtisans en habits de soie qui vont d'un groupe à l'autre quêter des nouvelles à voix basse. Sur les larges perrons, les

dames d'honneur éplorées se font de grandes révérences en essuyant leurs yeux avec de jolis
mouchoirs brodés.

Dans l'Orangerie, il y a nombreuse assemblée
de médecins en robe. On les voit, à travers les
vitres, agiter leurs longues manches noires et incliner doctoralement leurs perruques à marteaux...
Le gouverneur et l'écuyer du petit Dauphin se
promènent devant la porte, attendant les déci-
sions de la Faculté. Des marmitons passent à côté
d'eux sans les saluer. Monsieur l'écuyer jure
comme un païen, monsieur le gouverneur récite
des vers d'Horace. Et pendant ce temps, là-bas,
du côté des écuries, on entend un long hennis-
sement plaintif. C'est l'alezan du petit Dauphin
que les palefreniers oublient et qui appelle tristement devant sa mangeoire vide.

Et le roi! Où est monseigneur le roi? Le roi
s'est enfermé tout seul dans une chambre, au bout
du château. Les Majestés n'aiment pas qu'on les
voie pleurer! Pour la reine, c'est autre chose.
Assise au chevet du petit Dauphin, elle a son
beau visage baigné de larmes, et sanglote bien
haut devant tous, comme ferait une drapière.

Dans sa couchette de dentelles, le petit Dauphin, plus blanc que les coussins sur lesquels il
est étendu, repose les yeux fermés. On croit qu'il

28

dort ; mais non ! Le petit Dauphin ne dort pas...
Il se retourne vers sa mère, et, voyant qu'elle
pleure, il lui dit : « Madame la reine, pourquoi
pleurez-vous ? Est-ce que vous croyez bonnement,
comme les autres, que je m'en vas mourir ? » La
reine veut répondre. Les sanglots l'empêchent de
parler.

« Ne pleurez donc pas, Madame la reine ; vous
oubliez que je suis le Dauphin, et que les Dau-
phins ne peuvent pas mourir ainsi... » La reine
sanglote encore plus fort, et le petit Dauphin
commence à s'effrayer. « Holà ! dit-il, je ne
veux pas que la Mort vienne me prendre, et je
saurai bien l'empêcher d'arriver jusqu'ici... Qu'on
fasse venir sur l'heure quarante lansquenets très
forts pour monter la garde autour de notre lit !
Que cent gros canons veillent nuit et jour, mèche
allumée, sous nos fenêtres ! Et malheur à la Mort,
si elle ose s'approcher de nous ! »

Pour complaire à l'enfant royal, la reine fait
un signe. Sur l'heure, on entend les gros canons
qui roulent dans la cour, et quarante grands
lansquenets, la pertuisane au poing, viennent se
ranger autour de la chambre. Ce sont de vieux
soudards à moustaches grises. Le petit Dauphin
bat des mains en les voyant. Il en reconnaît un et
l'appelle : « Lorrain ! Lorrain ! » Le soudard fait

un pas vers le lit. « Je t'aime bien, mon vieux Lorrain... Fais voir un peu ton grand sabre... Si la Mort veut me prendre, il faudra la tuer, n'est-ce pas ? » Lorrain répond : « Oui, Monseigneur... » Et il a deux grosses larmes qui coulent sur ses joues tannées.

A ce moment, l'aumônier s'approche du petit Dauphin et lui parle longtemps à voix basse en lui montrant un crucifix. Le petit Dauphin l'écoute d'un air fort étonné, puis tout à coup l'interrompant : « Je comprends bien ce que vous me dites, Monsieur l'abbé ; mais enfin est-ce que mon petit ami Beppo ne pourrait pas mourir à ma place, en lui donnant beaucoup d'argent ?... » L'aumônier continue à lui parler à voix basse, et le petit Dauphin a l'air de plus en plus étonné.

Quand l'aumônier a fini, le petit Dauphin reprend avec un gros soupir : « Tout ce que vous me dites là est bien triste, Monsieur l'abbé, mais une chose me console, c'est que là-haut, dans le paradis des étoiles, je vais être encore le Dauphin... Je sais que le bon Dieu est mon cousin et ne peut pas manquer de me traiter selon mon rang. » Puis il ajoute, en se tournant vers sa mère : « Qu'on m'apporte mes plus beaux habits, mon pourpoint d'hermine blanche et mes escarpins de velours ; je veux me faire brave pour les anges et entrer au paradis en costume de Dauphin. »

Une troisième fois l'aumônier se penche vers le petit Dauphin et lui parle longuement à voix basse... Au milieu de son discours, l'enfant royal l'interrompt avec colère : « Mais alors, crie-t-il, d'être Dauphin, ce n'est rien du tout ! » Et, sans vouloir plus rien entendre, le petit Dauphin se tourne vers la muraille et il pleure amèrement.

PAYSAGES GASTRONOMIQUES

LA BOUILLABAISSE

Nous longions les côtes de Sardaigne, vers l'île de la Madeleine. Une promenade matinale. Les rameurs allaient lentement, et, penché sur le bord, je voyais la mer, transparente comme une source, traversée de soleil jusqu'au fond. Des méduses, des étoiles de mer, s'étalaient parmi les mousses marines. De grosses langoustes dormaient immobiles en abaissant leurs longues cornes sur le sable fin. Tout cela vu à dix-huit ou vingt pieds de profondeur, dans je ne sais quelle facticité d'aquarium en cristal. A l'avant de la barque, un pêcheur debout, un long roseau fendu à la main, faisait signe aux rameurs : *Piano... piano...*, et tout à coup, entre les pointes de sa fourche, tenait suspendue une belle langouste qui allongeait ses

pattes avec un effroi encore plein de sommeil.
Près de moi, un autre marin laissait tomber sa
ligne à fleur d'eau dans le sillage et ramenait des
petits poissons merveilleux qui se coloraient en
mourant de mille nuances vives et changeantes.
Une agonie vue à travers un prisme.

La pêche finie, on aborda parmi les hautes roches
grises. Le feu fut vite allumé, pâle dans le grand
soleil ; de larges tranches de pain coupées sur de
petites assiettes de terre rouge, et l'on était là
autour de la marmite, l'assiette tendue, la narine
ouverte... Était-ce le paysage, la lumière, cet
horizon de ciel et d'eau? Mais je n'ai jamais rien
mangé de meilleur que cette bouillabaisse de
langoustes. Et quelle bonne sieste ensuite sur le
sable! un sommeil tout plein du bercement de la
mer, où les mille écailles luisantes des petites vagues papillotaient encore aux yeux fermés.

L'AIOLI

On se serait cru dans la cabane d'un pêcheur de
Théocrite, au bord de la mer de Sicile. C'était
simplement en Provence, dans l'île de Camargue,
chez un garde-pêche. Une cabane de roseaux,
des filets pendus au mur, des rames, des fusils,
quelque chose comme l'attirail d'un trappeur,

d'un chasseur de terre et d'eau. Devant la porte, encadrant un grand paysage de plaine, agrandi encore par le vent, la femme du garde dépouillait de belles anguilles toutes vives. Les poissons se tordaient au soleil; et là-bas, dans la lumière blanche des coups de vent, des arbres grêles se courbaient, avaient l'air de fuir, montrant le côté pâle de leurs feuilles. Des marécages luisaient de place en place entre les roseaux, comme les fragments d'un miroir brisé. Plus loin encore, une grande ligne étincelante fermait l'horizon; c'était l'étang de Vaccarès.

Dans l'intérieur de la cabane, où brillait un feu de sarments tout en pétillement et en clarté, le garde pilait religieusement les gousses d'ail dans un mortier en y laissant tomber l'huile d'olive goutte à goutte. Nous avons mangé l'*aïoli* autour de nos anguilles, assis sur de hauts escabeaux devant la petite table de bois, dans cette étroite cabane où la plus grande place était tenue par l'échelle montant à la soupente. Autour de la chambre si petite on devinait un horizon immense traversé de coups de vent, de vols hâtés d'oiseaux en voyage; et l'espace environnant pouvait se mesurer aux sonnailles des troupeaux de chevaux et de bœufs, tantôt retentissantes et sonores, tantôt diminuées dans l'éloignement et n'arrivant

plus que comme des notes perdues, enlevées dans
un coup de mistral.

LE KOUSSKOUSS

C'était en Algérie, chez un aga de la plaine du
Chélif. De la grande tente seigneuriale installée
pour nous devant la maison de l'aga, nous voyions
descendre une nuit de demi-deuil, d'un noir violet
où se fonçait la pourpre d'un couchant magnifique; dans la fraîcheur de la soirée, au milieu de
la tente entr'ouverte, un chandelier kabyle en
bois de palmier levait au bout de ses branches une
flamme immobile qui attirait des insectes de nuit,
des frôlements d'ailes peureuses. Accroupis tout
autour sur des nattes, nous mangions silencieusement : c'étaient des moutons entiers, tout ruis-
selants de beurre, qu'on apportait au bout d'une
perche, des pâtisseries au miel, des confitures
musquées, et enfin un grand plat de bois où des
poulets s'étalaient dans la semoule dorée du
kousskouss.

Pendant ce temps-là, la nuit était venue. Sur
les collines environnantes, la lune se levait, un
petit croissant oriental où s'enfermait une étoile.
Un grand feu flambait en plein air devant la tente,
entouré de danseurs et de musiciens. Je me sou-

viens d'un nègre gigantesque, tout nu sous une
ancienne tunique des régiments de léger, qui
bondissait en faisant courir des ombres sur toute
la toile. Cette danse de cannibale, ces petits
tambours arabes haletant sous la mesure préci-
pitée, les aboiements aigus des chacals qui se ré-
pondaient de tous les coins de la plaine; on se
sentait en plein pays sauvage. Cependant à l'intérieur de la tente, — cet abri des tribus nomades
qui ressemble à une voile fixe sur un élément
immobile, — l'aga dans ses burnous de laine
blanche me semblait une apparition des temps
primitifs; et, pendant qu'il mangeait son kousskouss gravement, je pensais que le plat national
arabe pourrait bien être cette manne miraculeuse
des Hébreux dont il est parlé dans la Bible.

LA POLENTA

La côte corse, un soir de novembre. — Nous
abordons sous la grande pluie dans un pays complètement désert. Des charbonniers lucquois nous
font une place à leur feu; puis un berger indi-
gène, une espèce de sauvage tout habillé de
peau de bouc, nous invite à venir manger la
polenta dans sa cabane. Nous entrons, courbés,
rapetissés, dans une hutte où l'on ne peut se

tenir debout. Au milieu, des brins de bois vert
s'allument entre quatre pierres noires. La fumée
qui s'échappe de là monte vers le trou percé à la
hutte, puis se répand partout, rabattue par la pluie
et le vent. Une petite lampe, —le *caleil* provençal,
—ouvre un œil timide dans cet air étouffé. Une
femme, des enfants, apparaissent de temps en
temps quand la fumée s'éclaircit, et tout au fond
un porc grogne. On distingue des débris de
naufrage, un banc fait de morceaux de navires,
une caisse de bois avec des lettres de roulage,
une tête de sirène en bois peint arrachée à quelque
proue, toute lavée d'eau de mer.

La *polenta* est affreuse. Les châtaignes, mal
écrasées, ont un goût moisi; on dirait qu'elles
ont séjourné longtemps sous les arbres, en pleine
pluie. Le *bruccio* national vient après, avec son
goût sauvage qui fait rêver de chèvres vaga-
bondes... Nous sommes ici en pleine misère
italienne. Pas de maison, l'abri. Le climat est si
beau, la vie si facile! Rien qu'une niche pour les
jours de grande pluie. Et alors qu'importe la
fumée, la lampe mourante, puisqu'il est convenu
que le toit c'est la prison et qu'on ne vit bien
qu'en plein soleil?

———

LE MIROIR

ANS le Nord, au bord du Niémen, est arrivée une petite créole de quinze ans, blanche et rose comme une fleur d'amandier. Elle vient du pays des colibris, c'est le vent de l'amour qui l'apporte... Ceux de son île lui disaient : « Ne pars pas, il fait froid sur le continent... L'hiver te fera mourir. » Mais la petite créole ne croyait pas à l'hiver et ne connaissait le froid que pour avoir pris des sorbets; puis elle était amoureuse, elle n'avait pas peur de mourir... Et maintenant la voilà qui débarque là-haut dans les brouillards du Niémen, avec ses éventails, son hamac, ses moustiquaires et une cage en treillis doré pleine d'oiseaux de son pays.

Quand le vieux père Nord a vu venir cette fleur des îles que le Midi lui envoyait dans un rayon, son cœur s'est ému de pitié; et, comme il

pensait bien que le froid ne ferait qu'une bouchée
de la fillette et de ses colibris, il a vite allumé son
gros soleil jaune et s'est habillé d'été pour les
recevoir... La créole s'y est trompée; elle a pris
cette chaleur du Nord, brutale et lourde, pour
une chaleur de durée, cette éternelle verdure
noire pour de la verdure de printemps, et, sus-
pendant son hamac au fond du parc entre deux
sapins, tout le jour elle s'évente, elle se balance.

« Mais il fait très chaud dans le Nord », dit-
elle en riant. Pourtant quelque chose l'inquiète.
Pourquoi, dans cet étrange pays, les maisons
n'ont-elles pas de vérandas? Pourquoi ces murs
épais, ces tapis, ces lourdes tentures? Ces gros
poêles en faïence, et ces grands tas de bois qu'on
empile dans les cours, et ces peaux de renards
bleus, ces manteaux doubles, ces fourrures qui
dorment au fond des armoires; à quoi tout cela
peut-il servir?... Pauvre petite, elle va le savoir
bientôt.

Un matin, en s'éveillant, la petite créole se
sent prise d'un grand frisson. Le soleil a disparu,
et du ciel noir et bas, qui semble dans la nuit
s'être rapproché de terre, il tombe par flocons
une peluche blanche et silencieuse comme sous
les cotonniers... Voilà l'hiver, voilà l'hiver! Le
vent siffle, les poêles ronflent. Dans leur grande

cage en treillis doré, les colibris ne gazouillent
plus. Leurs petites ailes bleues, roses, rubis, vert
de mer, restent immobiles, et c'est pitié de les
voir se serrer les uns contre les autres, engourdis
et bouffis par le froid avec leurs becs fins et leurs
yeux en tête d'épingle. Là-bas, au fond du parc,
le hamac grelotte plein de givre, et les branches
des sapins sont en verre filé... La petite créole a
froid, elle ne veut plus sortir.

Pelotonnée au coin du feu comme un de ses
oiseaux, elle passe son temps à regarder la flamme
et se fait du soleil avec ses souvenirs. Dans la
grande cheminée lumineuse et brûlante, elle re-
voit tout son pays : les larges quais pleins de
soleil, avec le sucre brun des cannes qui ruisselle,
et les grains de maïs flottant dans une poussière
dorée, puis les siestes d'après-midi, les stores
clairs, les nattes de paille, puis les soirs d'étoiles,
les mouches enflammées, et des millions de petites ailes qui bourdonnent entre les fleurs et
dans les mailles de tulle des moustiquaires.

Et, tandis qu'elle rêve ainsi devant la flamme,
les jours d'hiver se succèdent toujours plus courts,
toujours plus noirs. Tous les matins on ramasse
un colibri mort dans la cage ; bientôt il n'en reste
plus que deux, deux flocons de plumes vertes
qui se hérissent l'un contre l'autre dans un coin...

Ce matin-là, la petite créole n'a pas pu se
lever. Comme une balancelle mahonaise prise
dans les glaces du Nord, le froid l'étreint, la pa-
ralyse. Il fait sombre, la chambre est triste. Le
givre a mis sur les vitres un épais rideau de soie
mate. La ville semble morte, et, par les rues silencieuses, le chasse-neige à vapeur siffle lamen-
tablement... Dans son lit, pour se distraire, la
créole fait luire les paillettes de son éventail et
passe son temps à se regarder dans des miroirs
de son pays, tout frangés de grandes plumes in-
diennes.

Toujours plus courts, toujours plus noirs, les
jours d'hiver se succèdent. Dans ses courtines de
dentelles, la petite créole languit, se désole. Ce
qui l'attriste surtout, c'est que de son lit elle ne
peut pas voir le feu. Il lui semble qu'elle a perdu
sa patrie une seconde fois... De temps en temps
elle demande : « Est-ce qu'il y a du feu dans la
chambre? — Mais oui, petite, il y en a. La cheminée est tout en flammes. Entends-tu pétiller
le bois, et les pommes de pin qui éclatent? —
Oh! voyons, voyons. » Mais elle a beau se pen-
cher, la flamme est trop loin d'elle; elle ne peut
pas la voir, et cela la désespère. Or, un soir
qu'elle est là, pensive et pâle, sa tête au bord de
l'oreiller et les yeux toujours tournés vers cette

belle flamme invisible, son ami s'approche d'elle,
prend un des miroirs qui sont sur le lit : « Tu
veux voir le feu, mignonne?... Eh bien! attends...»
Et, s'agenouillant devant la cheminée, il essaye
de lui envoyer avec son miroir un reflet de la
flamme magique : « Peux-tu le voir? — Non!
je ne vois rien. — Et maintenant... — Non ! pas
encore...» Puis tout à coup, recevant en plein
visage un jet de lumière qui l'enveloppe : « Oh !
je le vois ! » dit la créole toute joyeuse, et elle
meurt en riant avec deux petites flammes au fond
des yeux.

LE VOL

ÉTUDE

Oui l'avait mise là? Était-ce le diable pour me tenter, ou ma mère pour payer le cachet du professeur de musique? Mystère insondable. Ce qu'il y a de sûr, c'est qu'elle était là, sur la cheminée du salon, et que je l'aperçus un mercredi matin, au moment de partir au collège. Ma première pensée ne fut pas mauvaise. Je me dis tout haut : « Tiens!... quarante sous. » C'était une belle pièce, large, un peu usée, avec une effigie qui s'effaçait, reluisant doucement sur le velours grenat de la tablette. Sans songer à mal, pour la voir de plus près, je la pris dans ma main. Aussitôt la magie de l'argent opéra. Pour les douze ou treize ans que j'avais alors, quarante sous faisaient une somme énorme, et je sentis soudain frétiller en moi autant de désirs qu'il y avait de petites pièces dans

cette grande pièce, toute la monnaie d'une tentation que j'osais à peine m'avouer.

Je pensais : « Y en a-t-il des parties de canot
là dedans! »

C'était ma grande passion, les canots, à cette
époque. Passer toute une après-midi sur l'eau
noire du vieux port, au milieu des bateaux de
pêche, dans la vapeur des paquebots en partance,
les cris des mouettes, les commandements, les
appels, les chansons de bord tout en haut des
vergues, les coups de marteau du bassin de ra-
doub; longer les frégates de l'État, propres,
luisantes comme un uniforme d'aspirant, ou se
laisser bercer à l'ombre d'un gros navire endormi
et silencieux, qu'animait seulement la vigilance
d'un terre-neuve dressé tout debout les pattes
sur le bastingage ; courir pieds nus sur des trains
de bois, grimper aux mâts, voir pêcher des our-
sins, puis revenir le soir, tout imprégné d'une
odeur de goudron, de varech, avec la lassitude,
l'impression d'un long voyage, je ne connaissais
pas de bonheur plus grand. Mais ce bonheur
coûtait cher, et, pour arriver à louer un bateau de
dix sous avec les deux sous qu'on me donnait
chaque semaine, il fallait se priver de tout, calcu-
ler, économiser. Aussi cette belle pièce d'argent,
lumineuse et ronde, me fit-elle l'effet d'un cercle

de lanterne magique, tout petit d'abord, mais s'agrandissant à mesure que je le regardais, pour rendre vivantes et visibles les images qui le traversaient : le vieux port, les beauprés de navires s'avançant en ligne tout le long du quai, et les petits bateaux de louage balancés sur l'eau profonde et moirée. La vision était si nette, si tentante ! Je fus obligé de fermer les yeux...

Pendant quelques minutes, je restai là, sans bouger, tenant serré cet argent qui me brûlait la main. Minutes inoubliables, angoisse douloureuse et délicieuse de la tentation, toutes les émotions du vol. Ne riez pas. Ce ne sont point des sensations d'enfant que je vous raconte, mais des sensations de criminel. Secoué par une lutte effroyable, tout mon pauvre petit corps tremblait. Mes oreilles bourdonnaient. J'entendais les battements de mon cœur et le tic tac monotone de la pendule. A la fin pourtant, l'idée du devoir, déjà née et grandie en moi, le souvenir des miens, l'atmosphère de la maison honnête, sans doute aussi la peur du châtiment, de l'humiliation si j'étais découvert, tout cela fut plus fort que la passion. Je remis la pièce où je l'avais prise. Seulement,... ah ! il faut tout dire,... seulement, par un mouvement instinctif, irréfléchi, mais à coup sûr diabolique, je la poussai bien loin sous

la pendule pour qu'on ne la vît plus et qu'on la
crût perdue.

A partir de ce moment, le vol était commis,
aggravé encore par la lâcheté et l'hypocrisie. Je
ne m'y trompais pas. Ma conscience indignée
se levait toute droite pour m'appeler : « Voleur!
voleur! » si fort qu'il me semblait que tout le
monde l'entendait. Au collège, impossible de
travailler. J'avais beau prendre ma tête à deux
mains, clouer mon regard sur le livre ouvert, je
n'y voyais que ces rayonnements vagues, ces
prismes brisés que nous laisse au fond des yeux
une chose brillante trop longtemps regardée.
Oh! oui, le crime était commis, car j'en avais
déjà le remords. C'était comme une étreinte au
cœur, du trouble, de la honte, un besoin d'être
seul. Par moments, en me débattant contre cet
autre moi-même si grondeur, j'avais envie de lui
crier : « Tais-toi... Je n'ai rien fait... Laisse-moi
tranquille... Je suis sûr qu'on va la retrouver,
cette pièce de quarante sous. » Et, tout en disant
cela, je pensais avec un certain contentement
qu'on ne remontait la pendule que tous les quinze
jours, et que dans notre salon, un salon de province, ciré, soigné, fermé comme un tabernacle,
on n'entrait guère que le lundi, à l'heure de ma
leçon de musique. Le soir, en arrivant chez nous,

mon premier soin fut d'aller tâter dans l'ombre
sur la cheminée. La pièce y était encore. Je n'eus
pas le courage de la prendre, ni le plus grand
courage de dire à mes parents : « Elle est là ! »
Décidément j'étais un voleur.

La soirée se passa dans une agitation extrême.
Je sentais le jeudi du lendemain qui approchait.
Jeudi, le congé, les bateaux !... Surexcité par
une sorte de fièvre, je parlais beaucoup, et ma
voix avait une sonorité fausse qui me gênait.
Deux ou trois fois le regard de ma mère posé
sur moi, inquiet et troublant, sembla demander : « Qu'est-ce qu'il a ? » Alors je rougissais,
comme si chaque mot que je disais était le mensonge de ma pensée. Avec cela un air soumis,
des gentillesses d'enfant coupable qui veut se
faire pardonner, et, sous les caresses que me valaient mes câlineries, la honte de mon hypocrisie,
des envies folles de tomber à genoux, de tout
leur dire... Puis rien. Cette nuit-là pourtant, je
dormis assez bien, contre mon attente. Ce que
c'est que le sentiment de l'impunité ! Maintenant
que j'étais sûr de pouvoir prendre la pièce sans
danger, puisque tout le monde la croyait perdue,
ma conscience me laissait tranquille. Je n'avais
plus qu'à rêver à ma fête du lendemain ; et jusqu'au matin entre mes cils fermés je vis les mâts

du vieux port se balancer sur la houle, pendant
que là-bas, au bout de la jetée, la mer, la pleine
mer, bleue, immense, voyageuse, me souriait de
ses mille petites vagues...

Le lendemain, aussitôt après le déjeuner, je me
glissai furtivement dans le salon. Devant la cheminée, j'eus encore un moment terrible. On
parlait dans la chambre à côté ; j'avais peur que
quelqu'un n'entrât. Combien de temps suis-je resté
là, debout, au bord de mon crime, avançant la
main, puis la retirant ? Je ne m'en souviens plus.
Ce que je n'ai pas oublié, par exemple, c'est
cette figure d'enfant, blême, contractée, boule-
versée, que j'avais en face de moi dans la glace,
et qui me regardait avec des yeux ardents, des
yeux de fauve à l'affût. Enfin les voix s'éloignèrent. Je pris la pièce brusquement, et me voilà
dehors.

C'était un jeudi magnifique, c'est-à-dire un
dimanche, moins la mélancolie des cloches, la
tristesse de l'heure des vêpres, les promenades
en famille dans la gêne de l'endimanchement.
Tremblant d'être rappelé, j'avais pris mon élan
vers les quais avec la hâte de jouir de mon vol.
Malheur à qui aurait voulu m'arrêter alors ! Oh !
quand on vient de voler, comme on doit tuer
facilement ! Tout en courant, j'entendais la belle

pièce d'argent claire tinter joyeusement au fond
de ma poche avec la pièce de deux sous qu'on
me donnait chaque jeudi, et cette musique me
grisait, me donnait des ailes. Plus l'ombre d'un
remords. Léger, souriant, la joue en feu, j'étais
déjà dans l'atmosphère de mon plaisir.

Tout à coup, en passant devant un porche
d'église, la main tendue d'une mendiante m'arrêta. Fus-je attendri par cette misère, par la pâleur
de cette face éteinte ou le regard morne de l'enfant que la malheureuse avait dans ses bras ? Ne
cédai-je pas plutôt à ce besoin de faire le bien
qui vous prend après une faute, ou encore à une
superstition de petit Méridional presque italien,
essayant de sanctifier l'argent volé ? Quoi qu'il
en soit, je tirai de ma poche les deux sous de
mon jeudi, et je les jetai à la mendiante, qui me
remercia avec une expression de joie, de recon-
naissance extraordinaire, si extraordinaire en vérité que, deux rues plus loin, une crainte subite
me traversa l'esprit. Ah ! mon Dieu ! Est-ce que
par hasard... ?

Vite je tâte, je me fouille et pousse un cri de
rage. J'avais donné les deux francs. Il ne me
restait plus que mes deux sous ! Et les bateaux
étaient là tout près. Déjà les mâts, les vergues
du vieux port, montaient au bout de la rue, dans

un grand carré de lumière... Non, vous n'avez
jamais vu une colère, un désespoir pareil au
mien.

Me voilà revenant sur mes pas, furieux, parlant tout seul : « Oh! je la retrouverai... Je lui
dirai que je me suis trompé, que cet argent
n'était pas à moi... Et si elle ne veut pas me le
rendre, eh bien! je la ferai arrêter comme voleuse.» Je l'appelais voleuse. J'avais cet aplomb...
En attendant, où était-elle passée? J'eus beau
fouiller tous les porches de l'église, regarder autour dans les rues, dans les passages. Personne.
Sitôt ses deux francs reçus, la mendiante était
rentrée chez elle. En une fois, sa journée avait
été finie. La mienne avec.

Alors, éperdu, ne sachant plus que faire, je
retournai à la maison, et, sautant au cou de ma
mère, avec une explosion de larmes où il y avait
encore plus de colère que de remords, je pris le
parti de lui avouer tout. Cela se voit quelquefois,
paraît-il, qu'un voleur vienne faire des aveux à
la justice, de rage d'avoir manqué son coup.

ALSACE! ALSACE!

'AI fait, il y a quelques années, un voyage en Alsace qui est un de mes meilleurs souvenirs. Non pas cet insipide voyage en chemin de fer dont on ne garde rien que des visions de pays découpé par des rails et des fils télégraphiques, mais un voyage à pied, le sac sur le dos, avec un bâton bien solide et un compagnon pas trop causeur... La belle façon de voyager, et comme tout ce qu'on a vu ainsi vous reste bien !

Maintenant surtout que l'Alsace est murée, il me revient de ce pays perdu toutes mes impressions d'autrefois, avec cette saveur d'imprévu des longues courses dans une campagne admirable, où les bois se lèvent comme de grands rideaux verts sur des villages paisibles, inondés de soleil, où l'on voit à un tournant de montagne les clochers, les usines traversées de ruisseaux, les scieries, les moulins, la note éclatante d'un costume inconnu sortir tout à coup des fraîcheurs vertes de la plaine...

Tous les matins, au petit jour, nous étions sur pied.

« Mossié!... Mossié! c'est quatre heures! » nous criait le garçon d'auberge. Vite, on sautait du lit, et, le sac bouclé, on descendait à tâtons le petit escalier de bois résonnant et fragile. En bas, avant de partir, nous prenions un verre de kirsch dans ces grandes cuisines d'hôtellerie où le feu s'allume de bonne heure, avec ces frissonnements de sarments qui font rêver de brouillards et de vitres humides. Puis en route!

C'était dur au premier moment. A cette heure-là, toutes les fatigues de la veille vous reviennent. Il y a encore du sommeil dans les yeux et dans l'air. Peu à peu cependant la rosée froide se dissipe, la brume s'évapore au soleil... On va, on marche... Quand la chaleur devenait trop lourde, nous nous arrêtions pour déjeuner près d'une source, d'un ruisseau, et l'on s'endormait dans les herbes, au bruit de l'eau courante, pour être éveillé par l'élan d'un gros bourdon qui vous frôlait en vibrant comme une balle... La chaleur tombée, on se remettait en route. Bientôt le

soleil baissait, et à mesure le chemin semblait se
raccourcir. On cherchait un but, un asile, et l'on
se couchait harassé soit dans un lit d'auberge,
soit dans une grange ouverte, ou bien au pied
d'une meule, à la belle étoile, parmi des murmures d'oiseaux, des fourmillements d'insectes
sous les feuilles, des bonds légers, des vols silencieux, tous ces bruits de la nuit qui dans la grande
fatigue semblent des commencements de rêve...

Comment s'appelaient-ils tous ces jolis villages
alsaciens que nous rencontrions espacés au bord
des routes? Je ne me rappelle plus aucun nom
maintenant; mais ils se ressemblent tous si bien,
surtout dans le Haut-Rhin, qu'après en avoir
tant traversé à différentes heures, il me semble
que je n'en ai vu qu'un : la grande rue, les petits
vitraux encadrés de plomb, enguirlandés de hou-
blon et de roses, les portes à claire-voie où les
vieux s'appuyaient en fumant leurs grosses pipes,
où les femmes se penchaient pour appeler les
enfants sur la route... Le matin, quand nous
passions, tout cela dormait. A peine entendions-
nous remuer la paille des étables ou le souffle
haletant des chiens sous les portes. Deux lieues
plus loin, le village s'éveillait. Il y avait un bruit
de volets ouverts, de seaux heurtés, de ruisseaux
emplis; lourdement les vaches allaient à l'abreu-

voir en chassant les mouches avec leurs longues
queues. Plus loin encore, c'était toujours le même
village, mais avec le grand silence des après-
midi d'été, rien qu'un bourdonnement d'abeilles
qui montaient en suivant les branches grimpantes
jusqu'au faîte des chalets, et la mélopée traînante de l'école. Parfois, tout au bout du pays,
un petit coin, non plus de village, mais de province, une maison blanche à deux étages avec
une plaque d'assurance toute neuve et reluisante,
des panonceaux de notaire ou une sonnette de
médecin. En passant on entendait une valse au
piano, un air un peu vieilli tombant des per-
siennes vertes sur la route ensoleillée. Plus tard,
au crépuscule, les bestiaux rentraient, on revenait
des filatures. Beaucoup de bruit, de mouvement.
Tout le monde sur les portes, des bandes de
petits blondins dans la rue, et les vitres allumées
par un grand rayon du couchant, venu on ne sait
d'où...

Ce que je me rappelle encore avec bonheur,
c'est le village alsacien, le dimanche matin, à
l'heure des offices; les rues désertes, les maisons
vides avec quelques vieux qui se chauffent au
soleil devant leur porte; l'église pleine, les
vitraux colorés par ces jolis tons mourants et
roses qu'ont les cierges au grand jour, le plain-

chant entendu par bouffées au passage, et un
enfant de chœur en soutane écarlate traversant
lestement la place, tête nue, l'encensoir à la main,
pour aller chercher du feu chez le boulanger...

Quelquefois aussi nous restions des journées
entières sans entrer dans un village. Nous cher-
chions les taillis, les chemins couverts, ces petits
bois grêles qui bordent le Rhin et où sa belle
eau verte vient se perdre dans des coins de marécage tout bourdonnants d'insectes. De loin en
loin, à travers le mince réseau des branches, le
grand fleuve nous apparaissait chargé de radeaux,
de barques toutes pleines d'herbages coupés dans
les îles, et qui semblaient elles-mêmes de petites
îles éparpillées, emportées par le courant. Puis
c'était le canal du Rhône au Rhin avec sa longue
bordure de peupliers joignant leurs pointes vertes
dans cette eau familière et comme privée, empri-
sonnée d'étroites rives. Çà et là sur la berge une
cabane d'éclusier, des enfants courant pieds nus
sur les barres de l'écluse, et, dans les jaillisse-
ments d'écume, de grands trains de bois qui
s'avançaient lentement en tenant toute la largeur
du canal.

Après, quand nous avions assez de zigzags et
de flâneries, nous reprenions la grande route
droite et blanche, plantée de noyers aux ombres

fraîches, et qui monte vers Bâle, la chaîne des
Vosges à sa droite, le Schwartzwald de l'autre côté.

Oh! par les lourds soleils de juillet, les bonnes
haltes que j'ai faites au bord de ce chemin de
Bâle, couché de tout mon long dans l'herbe
sèche des fossés, avec les perdrix qui s'appelaient
d'un champ à l'autre, et la grande route qui faisait
son train mélancolique au-dessus de nos têtes.
C'était un juron de roulier, un grelot, un bruit
d'essieu, le pic d'un casseur de pierres, le galop
pressé d'un gendarme effarant un grand troupeau
d'oies en marche, des colporteurs harassés sous
leur balle, et le facteur en blouse bleue passe-
mentée de rouge quittant tout à coup le grand
chemin pour s'enfiler dans une petite traverse
bordée de haies sauvages, où l'on sentait un ha-
meau, une ferme, une vie isolée tout au bout...

Et ces jolis imprévus du voyage à pied, les
raccourcis qui allongent, les sentiers trompeurs
que font les roues des charrettes, les piétinements
des chevaux, et qui vous conduisent au beau
milieu d'un champ, les portes sourdes qui ne veulent pas s'ouvrir, les auberges pleines, et l'averse,
cette bonne averse des jours d'été, si vite évapo-
rée dans l'air chaud, qui fait fumer les plaines, la
laine des troupeaux et jusqu'à la houppelande du
berger.

Je me souviens d'un orage terrible qui nous
surprit ainsi à travers bois en descendant du
Ballon d'Alsace. Quand nous quittâmes l'auberge
d'en haut, les nuages étaient au-dessous de nous.
Quelques sapins les dépassaient du faîte; mais, à
mesure que nous descendions, nous entrions po-
sitivement dans le vent, dans la pluie, dans la
grêle. Bientôt nous fûmes pris, enlacés dans un
réseau d'éclairs. Tout près de nous un sapin
roula foudroyé, et, tandis que nous dégringolions
un petit chemin de *schlitage,* nous vîmes à travers
un voile d'eau ruisselante un groupe de petites
filles abritées dans un creux de roches. Épeurées,
serrées les unes contre les autres, elles tenaient
à pleines mains leurs tabliers d'indienne et de
petits paniers d'osier remplis de *myrtilles* noires
fraîches cueillies. Les fruits luisaient avec des
points de lumière, et les petits yeux noirs qui
nous regardaient du fond du rocher ressemblaient aussi à des myrtilles mouillées. Ce grand
sapin étendu sur la pente, ces coups de ton-
nerre, ces petits coureurs de forêts déguenillés
et charmants, on aurait dit un conte du chanoine
Schmid...

Mais aussi quelle bonne flambée en arrivant à
Rouge-Goutte! Quel beau feu de foyer pour
sécher nos hardes, pendant que l'omelette sautait

dans la flamme, l'inimitable omelette d'Alsace, craquante et dorée comme un gâteau.

C'est le lendemain de cet orage que je vis une chose saisissante :

Sur le chemin de Dannemarie, à un tournant de haie, un champ de blé magnifique, saccagé, fauché, raviné par la pluie et la grêle, croisait par terre dans tous les sens ses tiges brisées. Les épis lourds et mûrs s'égrenaient dans la boue, et des volées de petits oiseaux s'abattaient sur cette moisson perdue, sautant dans ces ravins de paille humide et faisant voler le blé tout autour. En plein soleil, sous le ciel pur, c'était sinistre, ce pillage... Debout devant son champ ruiné, un grand paysan long, voûté, vêtu à la mode de la vieille Alsace, regardait cela silencieusement. Il y avait une vraie douleur sur sa figure, mais en même temps quelque chose de résigné et de calme, je ne sais quel espoir vague, comme s'il s'était dit que sous les épis couchés sa terre lui restait toujours, vivante, fertile, fidèle, et que, tant que la terre est là, il ne faut pas désespérer.

KADOUR ET KATEL

ADOUR - BEN - CHÉRIFA, sergent-major aux tirailleurs indigènes, était mourant le soir qu'on l'apporta à la scierie Lippert, sur la Sauerbach, et pendant cinq longues semaines, tout ébranlé de ses blessures, tremblant de fièvre, il a vécu comme dans un rêve. Quelquefois il se croyait encore en pleine bataille, hurlant et bondissant à travers les champs de lin et les houblonnières de Wissembourg, ou bien là-bas, en Algérie, dans la maison de son père, le kaïd des Matmatas. Ensuite il ouvrait les yeux, et vaguement il entrevoyait une chambre à grands rideaux blancs, claire et calme, des branches vertes agitées aux fenêtres, un soleil traversé de nuages, et près de son lit une petite sœur de charité attentive, silencieuse, mais qui n'avait ni croix d'argent, ni chapelets, ni voiles

E.Burnand, inv. et sc.   Jouaust, Éd.   A.Salmon, Imp.

KADOUR ET KATEL

(Contes de Daudet)

bleus, seulement deux grandes nattes retombant
sur un corsage de velours. De temps en temps
on appelait : « Katel... Katel... » Alors la fillette
s'en allait sur la pointe des pieds, et le blessé
écoutait de loin une voix sonore et jeune qui lui
faisait frais à entendre comme le ruisseau coulant
sous les fenêtres de la scierie.

Kadour-ben-Chérifa a été longtemps malade;
mais les Rippert l'ont si bien soigné que ses
blessures se sont fermées, si bien caché que les
Prussiens n'ont pas pu l'envoyer mourir de froid
dans les casemates de Mayence. Maintenant il
commence à parler, à montrer ses dents blanches, et fait quelques pas dans la chambre en
laissant tomber une de ses manches, — celle qui
a un grand trou béant au milieu des broderies, —
sur un bras pansé, bandé et encore impotent.
Tous les jours, dans le petit jardin de la scierie,
Katel descend une chaise de paille pour le blessé;
elle lui cherche, au long des murailles, le coin le
plus chaud où les raisins mûrissent le plus vite.
Et Kadour, qui, en sa qualité de fils de kaïd, a
fait ses études au collège arabe d'Alger, la re-
mercie dans un français un peu barbare, émaillé
de *bono bezeff* et de *macach bono*. Sans s'en
douter, le bon turco est sous le charme. Cette
facile gaieté de jeune Franque, qui vit libre comme

un oiseau, sans voile au grand air ni grillages
à ses fenêtres, l'étonne et le ravit. Il y a loin de
cela à la vie murée des femmes de son pays, aux
petites Mauresques masquées de blanc et parfu-
mées de verveine. Katel, de son côté, trouve
Kadour un peu trop noir ; mais il a l'air si bon,
si brave, il déteste tant les Prussiens !... Une
seule chose la fâche, c'est que là-bas, dans cette
Algérie d'Afrique, les hommes ont le droit d'avoir
plusieurs femmes. Katel ne comprend pas cela,
elle. Aussi, quand l'Algérien, pour la contrarier,
lui dit dans son jargon : « Kadour marié bientôt... Lui prenir quatre femmes... Quatre ! »
Katel se met en colère. « Hou ! le vilain Kadour !...
Le païen !... » Alors le turco rit d'un bon rire
d'enfant ; puis tout à coup il redevient sérieux et
reste muet devant la jeune fille, en ouvrant des
yeux si grands, si grands qu'on dirait qu'il veut
l'emporter dans son regard.

C'est ainsi qu'ont commencé les amours de
Kadour et de Katel.

Kadour, une fois guéri, est retourné chez son
père, et vous pensez s'il y en a eu des fêtes en
son honneur au pays des Matmatas. Les flûtes
de roseau et les petits tambours arabes ont joué
leurs plus beaux airs pour le recevoir ; le vieux

kaïd, assis devant sa porte, en voyant venir de
loin dans l'allée de cactus ce fils chéri qu'il
croyait mort, s'est mis à trembler sous ses burnous de laine comme s'il avait pris les fièvres.
Un mois durant, ç'a été dans la tribu une suite
ininterrompue de *diffas,* de *fantasias.* Les kaïds,
les agas du voisinage, se disputaient l'honneur
d'avoir Kadour-ben-Chérifa pour hôte, et tous
les soirs, au café maure, on lui faisait raconter
les grandes batailles où il s'était trouvé mêlé...

C'est égal! tous ces honneurs, toutes ces fêtes,
ne rendent pas Kadour plus heureux. Dans la
maison paternelle, entouré de tous ses souvenirs
d'enfance, ses chevaux, ses lévriers, ses armes, il
lui manque toujours quelque chose, la parole
ouverte et le rire franc de Katel. Le petit
gazouillis perpétuel des femmes arabes, qui lui
faisait battre le cœur autrefois, maintenant le
fatigue, l'ennuie. Il n'aime plus ni les coiffures
de sequins, ni les chapelets de fleurs d'oranger,
ni les grands pantalons de satin rose. Parlez-lui
plutôt des longues nattes tombant sans perles,
ni gaze, ni fleurs, seulement traversées de fils
d'or dans le soleil couchant d'un petit jardin
d'Alsace.

Et pourtant si Kadour voulait!... Il y a, dans
une tribu voisine de la sienne, de beaux yeux

noirs qui le guettent derrière les fenêtres grillées
de la maison de l'aga, de beaux yeux si allongés
de kohl que le regard y ressemble à une paresse.
Mais Kadour ne veut plus de ces yeux-là. Ce
qu'il rêve, ce qu'il regrette, c'est ce bon regard
de Katel qui faisait si vite le tour de la chambre
pour voir si rien ne manquait au malade, et où
la vie s'agitait toujours comme la lumière dans
le bleu des gouttes d'eau.

Peu à peu cependant le charme des yeux bleus
s'efface, ce charme tendre mêlé aux premières
sorties, au premier réveil de la convalescence, et
à ce climat de France si doux, si tempéré. Kadour
a fini par oublier Katel. Dans toute la vallée du
Chélif il n'est bruit que de son prochain mariage
avec Yamina, la fille de l'aga du Djendel. Un
matin, on a vu un long défilé de mules monter
du côté de la ville : c'est Kadour-ben-Chérifa
qui va avec son père acheter les présents de
noces. Toute leur journée s'est passée à courir
les bazars, à choisir les burnous lamés d'argent,
les tapis de Smyrne, les colliers d'ambre, les pen-
dants d'oreilles ; et, en maniant tous ces jolis bijoux, ces floches de soie, ces fines étoffes, Kadour
pense à Yamina. L'Orient l'a repris tout à fait,
mais bien plus par l'habitude, l'influence de

l'atmosphère et des choses que par un lien de cœur.

Au jour tombant, les mules alignées, chargées de *couffins* de sparterie tout gonflés de richesses, descendaient la rue du faubourg, quand, devant la cour du bureau arabe, elles se sont trouvées arrêtées par un grand encombrement. C'étaient des émigrants qui venaient d'arriver. Comme il n'y avait rien de prêt pour les recevoir, les malheureux étaient là à réclamer, à se plaindre, à se renseigner. Les plus découragés restaient assis sur leurs bagages, fatigués de la traversée, gênés par la curiosité de la foule ; et sur tous ces exilés, comme une tristesse de plus, le soleil couchant déclinait, la nuit tombait pour leur faire encore plus sombres l'inconnu du pays nouveau et l'étonnement de l'arrivée. Kadour les regardait machinalement. Mais tout à coup une grande émotion lui monta au cœur. Les costumes des vieux paysans, les corselets de velours des femmes, tous ces cheveux couleur de moisson mûre... Et voici que son rêve prend une figure nette. Il vient de reconnaître les traits doux, les grandes nattes et le sourire de Katel. Elle est là devant lui avec le vieux Rippert, la mère et les tout petits, bien loin de leur scierie et de la Sauerbach, qui coule toujours là-bas devant la petite maison abandonnée.

« Kadour !

— Katel !... »

Lui, il est devenu tout pâle ; elle, elle a rougi un peu.

Allons ! voilà qui est dit. La maison du kaïd est grande ; et, en attendant qu'on leur donne un coin de terre, les émigrants vont s'y installer. Vite la mère ramasse les paquets traînant autour d'elle. Elle appelle les petits qui jouaient déjà avec les enfants étrangers. On les met dans les *couffins* pêle-mêle parmi les étoffes, et Katel rit de tout son cœur de se voir si grande sur une selle arabe. Kadour rit aussi, moins fort cependant, avec une émotion de bonheur contenu. Comme la nuit tombe et qu'il fait froid, il entoure son amie d'un beau burnous rayé, pris parmi les cadeaux de noces, d'un haïck brodé de perles ; et, dans cet accoutrement qui se drape autour d'elle, se plisse, remue des franges, immobile et droite sur sa monture haute, elle a l'air d'une musulmane blonde qui aurait quitté son voile. Kadour y songe en la regardant. Alors il lui vient des idées folles, mille projets. Il pense déjà à rendre sa parole à la fille de l'aga, à se marier avec Katel, rien que Katel... Qui sait ? Peut-être un jour ils s'en reviendront ainsi de la ville, tous deux seuls dans un chemin de lauriers-roses, elle rieuse sur sa mule, lui tenant la bride comme maintenant...

Et fiévreux, tout à son rêve, voilà qu'il veut donner le signal du départ ; mais Katel l'arrête d'une voix douce : « Pas encore... Mon mari va venir. Il faut l'attendre. »

Katel était mariée. Pauvre Kadour !

LES ÉMOTIONS

D'UN PERDREAU ROUGE

RACONTÉES PAR LUI-MÊME

OUS savez que les perdreaux vont par bandes et nichent ensemble aux creux des sillons, pour s'enlever à la moindre alerte, éparpillés dans la volée comme une poignée de grains qu'on sème. Notre compagnie à nous est gaie et nombreuse, établie en plaine, sur la lisière d'un grand bois, ayant du butin et de beaux abris de deux côtés. Aussi, depuis que je sais courir, bien emplumé, bien nourri, je me trouvais très heureux de vivre. Pourtant quelque chose m'inquiétait un peu, c'était cette fameuse ouverture de la chasse dont nos mères commençaient à parler tout bas entre elles. Un ancien de notre compagnie me disait toujours à ce propos :

« N'aie pas peur, Rouget, — on m'appelle Rouget à cause de mon bec et de mes pattes cou-

leur de sorbe; — n'aie pas peur, Rouget. Je te
prendrai avec moi le jour de l'ouverture, et je suis
sûr qu'il ne t'arrivera rien. »

C'est un vieux coq très malin et encore alerte,
quoiqu'il ait le *fer à cheval* déjà marqué sur la
poitrine et quelques plumes blanches par-ci par-
là. Tout jeune, il a reçu un grain de plomb dans
l'aile, et, comme cela l'a rendu un peu lourd, il y
regarde à deux fois avant de s'envoler, prend son
temps, et se tire d'affaire. Souvent il m'emmenait
avec lui jusqu'à l'entrée du bois. Il y a là une
singulière petite maison, nichée dans les châtaigniers, muette comme un terrier vide, et toujours
fermée.

« Regarde bien cette maison, petit, me disait
le vieux; quand tu verras de la fumée monter du
toit, le seuil et les volets ouverts, ça ira mal pour
nous. »

Et moi je me fiais à lui, sachant bien qu'il n'en
était pas à sa première ouverture.

En effet, l'autre matin, au petit jour, j'entends
qu'on rappelait tout bas dans le sillon...

« Rouget, Rouget! »

C'était mon vieux coq. Il avait des yeux ex-
traordinaires.

« Viens vite, me dit-il, et fais comme moi. »

Je le suivis, à moitié endormi, en me coulant

Contes d'Alphonse Daudet.   33

entre les mottes de terre, sans voler, sans presque
sauter, comme une souris. Nous allions du côté
du bois ; et je vis en passant qu'il y avait de la
fumée à la cheminée de la petite maison, du jour
aux fenêtres, et devant la porte grande ouverte
des chasseurs tout équipés, entourés de chiens
qui sautaient. Comme nous passions, un des chasseurs cria :

« Faisons la plaine ce matin ; nous ferons le
bois après déjeuner. »

Alors je compris pourquoi mon vieux compagnon nous emmenait d'abord sous la futaie. Tout
de même le cœur me battait, surtout en pensant
à nos pauvres amis.

Tout à coup, au moment d'atteindre la lisière,
les chiens se mirent à galoper de notre côté...

« Rase-toi, rase-toi », me dit le vieux en se
baissant.

En même temps, à dix pas de nous, une caille
effarée ouvrit ses ailes et son bec tout grands, et
s'envola avec un cri de peur. J'entendis un bruit
formidable, et nous fûmes entourés par une poussière d'une odeur étrange, toute blanche et toute
chaude, bien que le soleil fût à peine levé. J'a-
vais si peur que je ne pouvais plus courir. Heureusement nous entrions dans le bois. Mon camarade se blottit derrière un petit chêne, je vins

me mettre près de lui, et nous restâmes là cachés,
à regarder entre les feuilles.

Dans les champs, c'était une terrible fusillade.
A chaque coup, je fermais les yeux, tout étourdi ;
puis, quand je me décidais à les ouvrir, je voyais
la plaine grande et nue, les chiens courant, furetant dans les brins d'herbe, dans les javelles,
tournant sur eux-mêmes comme des fous. Derrière eux les chasseurs juraient, appelaient ; les
fusils brillaient au soleil. Un moment, dans un
petit nuage de fumée, je crus voir, — quoiqu'il
n'y eût aucun arbre alentour, — voler comme des
feuilles éparpillées. Mais mon vieux coq me dit
que c'étaient des plumes ; et, en effet, à cent pas
devant nous, un superbe perdreau gris tombait
dans le sillon en renversant sa tête sanglante.

Quand le soleil fut très chaud, très haut, la fusillade s'arrêta subitement. Les chasseurs revenaient vers la petite maison, où l'on entendait
pétiller un grand feu de sarments. Ils causaient
entre eux, le fusil sur l'épaule, discutaient les
coups, pendant que leurs chiens venaient derrière, harassés, la langue pendante...

« Ils vont déjeuner, me dit mon compagnon,
faisons comme eux. »

Et nous entrâmes dans un champ de sarrasin
qui est tout près du bois, un grand champ blanc

et noir, en fleur et en graine, sentant l'amande.
De beaux faisans au plumage mordoré picotaient
là, eux aussi, en baissant leurs crêtes rouges, de
peur d'être vus. Ah! ils étaient moins fiers que
d'habitude. Tout en mangeant, ils nous deman-
dèrent des nouvelles, et si l'un des leurs était
déjà tombé. Pendant ce temps, le déjeuner des
chasseurs, d'abord silencieux, devenait de plus en
plus bruyant; nous entendions choquer les verres
et partir les bouchons des bouteilles. Le vieux
trouva qu'il était temps de rejoindre notre abri.

A cette heure, on aurait dit que le bois dormait. La petite mare où les chevreuils vont boire
n'était troublée par aucun coup de langue. Pas
un museau de lapin dans les serpolets de la garenne. On sentait seulement un frémissement
mystérieux, comme si chaque feuille, chaque brin
d'herbe abritait une vie menacée. Ces gibiers de
forêt ont tant de cachettes, les terriers, les fourrés,
les fagots, les broussailles, et puis des fossés, ces
petits fossés de bois qui gardent l'eau si longtemps après qu'il a plu. J'avoue que j'aurais aimé
être au fond d'un de ces trous-là; mais mon compagnon préférait rester à découvert, avoir du
large, voir de loin et sentir l'air ouvert devant
lui. Bien nous en prit, car les chasseurs arrivaient
sous le bois.

Oh! ce premier coup de feu en forêt, ce coup
de feu qui trouait les feuilles comme une grêle
d'avril et marquait les écorces, jamais je ne l'ou-
blierai. Un lapin détala au travers du chemin en
arrachant des touffes d'herbe avec ses griffes tendues. Un écureuil dégringola d'un châtaignier
en faisant tomber les châtaignes encore vertes.
Il y eut deux ou trois vols lourds de gros faisans
et un tumulte dans les branches basses, les feuilles
sèches, au vent de ce coup de fusil qui agita, ré-
veilla, effraya tout ce qui vivait dans le bois. Des
mulots se coulaient au fond de leurs trous. Un
cerf-volant, sorti du creux de l'arbre contre lequel nous étions blottis, roulait ses gros yeux
bêtes, fixes de terreur. Et puis des demoiselles
bleues, des bourdons, des papillons, pauvres bes-
tioles s'effarant de tous côtés... Jusqu'à un petit
criquet aux ailes écarlates qui vint se poser tout
près de mon bec; mais j'étais trop effrayé moi-
même pour profiter de sa peur.

Le vieux, lui, était toujours aussi calme. Très
attentif aux aboiements et aux coups de feu,
quand ils se rapprochaient il me faisait signe, et
nous allions un peu plus loin, hors de la portée
des chiens et bien cachés par le feuillage. Une
fois pourtant je crus que nous étions perdus.
L'allée que nous devions traverser était gardée

de chaque bout par un chasseur embusqué. D'un
côté, un grand gaillard à favoris noirs qui faisait
sonner toute une ferraille à chacun de ses mouvements, couteau de chasse, cartouchière, boîte
à poudre, sans compter de hautes guêtres bou-
clées jusqu'aux genoux et qui le grandissaient
encore; à l'autre bout, un petit vieux, appuyé
contre un arbre, fumait tranquillement sa pipe,
en clignant des yeux comme s'il voulait dormir.
Celui-là ne me faisait pas peur; mais c'était ce
grand là-bas...

« Tu n'y entends rien, Rouget », me dit mon
camarade en riant; et sans crainte, les ailes toutes grandes, il s'envola presque dans les jambes
du terrible chasseur à favoris.

Et le fait est que le pauvre homme était si empêtré dans tout son attirail de chasse, si occupé à
s'admirer du haut en bas, que lorsqu'il épaula
son fusil nous étions déjà hors de portée. Ah! si
les chasseurs savaient, quand ils se croient seuls
à un coin de bois, combien de petits yeux fixes
les guettent des buissons, combien de petits becs
pointus se retiennent de rire à leur maladresse!

Nous allions, nous allions toujours. N'ayant
rien de mieux à faire qu'à suivre mon vieux compagnon, mes ailes battaient au vent des siennes
pour se replier immobiles aussitôt qu'il se posait.

J'ai encore dans les yeux tous les endroits où
nous avons passé : la garenne rose de bruyères,
pleine de terriers au pied des arbres jaunes, avec
ce grand rideau de chênes où il me semblait voir
la mort cachée partout, la petite allée verte où
ma mère Perdrix avait promené tant de fois sa
nichée au soleil de mai, où nous sautions tout en
piquant les fourmis rouges qui nous grimpaient
aux pattes, où nous rencontrions des petits faisans farauds, lourds comme des poulets, et qui
ne voulaient pas jouer avec nous.

Je la vis comme dans un rêve ma petite allée,
au moment où une biche la traversait, haute sur
ses pattes menues, les yeux grands ouverts et
prête à bondir. Puis la mare où l'on vient en
partie par quinze ou trente, tous du même vol,
levés de la plaine en une minute, pour boire à
l'eau de la source et s'éclabousser de gouttelettes
qui roulent sur le lustre des plumes... Il y avait
au milieu de cette mare un bouquet d'aulnettes
très fourré, c'est dans cet îlot que nous nous ré-
fugiâmes. Il aurait fallu que les chiens eussent un
fameux nez pour venir nous chercher là. Nous y
étions depuis un moment, lorsqu'un chevreuil
arriva, se traînant sur trois pattes et laissant une
trace rouge sur les mousses derrière lui. C'était
si triste à voir que je cachai ma tête sous les feuilles;

mais j'entendais le blessé boire dans la mare en soufflant, brûlé de fièvre...

Le jour tombait. Les coups de fusil s'éloignaient, devenaient plus rares. Puis tout s'éteignit. C'était fini. Alors nous revînmes tout doucement vers la plaine, pour avoir des nouvelles de notre compagnie. En passant devant la petite maison du bois, je vis quelque chose d'épouvantable.

Au rebord d'un fossé, les lièvres au poil roux, les petits lapins gris à queue blanche, gisaient à côté les uns des autres. C'étaient des petites pattes jointes par la mort, qui avaient l'air de demander grâce, des yeux voilés qui semblaient pleurer ; puis des perdrix rouges, des perdreaux gris, qui avaient le *fer à cheval* comme mon camarade, et des jeunes de cette année qui avaient encore, comme moi, du duvet sous leurs plumes. Savez-vous rien de plus triste qu'un oiseau mort ? C'est si vivant, des ailes ! De les voir repliées et froides, ça fait frémir... Un grand chevreuil superbe et calme paraissait endormi, sa petite langue rose dépassant la bouche comme pour lécher encore.

Et les chasseurs étaient là, penchés sur cette tuerie, comptant et tirant vers leurs carniers les pattes sanglantes, les ailes déchirées, sans respect pour toutes ces blessures fraîches. Les chiens, attachés pour la route, fronçaient encore leurs babines en arrêt, comme s'ils s'apprêtaient à s'élancer de nouveau dans les taillis.

Oh! pendant que le grand soleil se couchait là-bas et qu'ils s'en allaient tous, harassés, allongeant leurs ombres sur les mottes de terre et les sentiers humides de la rosée du soir, comme je les maudissais, comme je les détestais, hommes et bêtes, toute la bande!... Ni mon compagnon ni moi n'avions le courage de jeter comme à l'ordinaire une petite note d'adieu à ce jour qui finissait.

Sur notre route nous rencontrions de malheureuses petites bêtes, abattues par un plomb de hasard et restant là abandonnées aux fourmis; des mulots, le museau plein de poussière, des pies, des hirondelles foudroyées dans leur vol, couchées sur le dos et tendant leurs petites pattes raides vers la nuit qui descendait vite comme elle fait en automne, claire, froide et mouillée. Mais le plus navrant de tout, c'était d'entendre, à la lisière du bois, au bord du pré, et là-bas dans l'oseraie de la rivière, des appels anxieux, tristes, disséminés, auxquels rien ne répondait.

LA CHÈVRE DE M. SEGUIN[1]

A Monsieur Pierre Gringoire, poète lyrique,
à Paris.

Tu seras bien toujours le même, mon pauvre Gringoire.

Comment! on t'offre une place de chroniqueur dans un bon journal de Paris, et tu as l'aplomb de refuser... Mais regarde-toi, malheureux garçon! Regarde ce pourpoint troué, ces chausses en déroute, cette face maigre qui crie la faim. Voilà pourtant où t'a conduit la passion des belles rimes! Voilà ce que t'ont valu dix ans de loyaux services dans les pages du sire Apollo.... Est-ce que tu n'as pas honte, à la fin?

Fais-toi donc chroniqueur, imbécile; fais-toi

---

1. *Lettres de mon moulin.*

chroniqueur. Tu gagneras de beaux écus à la rose, tu auras ton couvert chez Brébant, et tu pourras te montrer les jours de première avec une plume neuve à ta barrette.

Non ! Tu ne veux pas?... Tu prétends rester libre à ta guise jusqu'au bout... Eh bien, écoute un peu l'histoire de la *chèvre de M. Seguin*. Tu verras ce que l'on gagne à vouloir vivre libre.

M. Seguin n'avait jamais eu de bonheur avec ses chèvres.

Il les perdait toutes de la même façon : un beau matin, elles cassaient leur corde, s'en allaient dans la montagne, et là-haut le loup les mangeait. Ni les caresses de leur maître, ni la peur du loup, rien ne les retenait : c'étaient, paraît-il, des chèvres indépendantes, voulant à tout prix le grand air et la liberté.

Le brave M. Seguin, qui ne comprenait rien au caractère de ses bêtes, était consterné. Il disait : « C'est fini; les chèvres s'ennuient chez moi, je n'en garderai pas une. »

Cependant il ne se découragea pas, et, après avoir perdu six chèvres de la même manière, il en acheta une septième ; seulement, cette fois, il eut soin de la prendre toute jeune, pour qu'elle s'habituât mieux à demeurer chez lui.

Ah! Gringoire, qu'elle était jolie, la petite
chèvre de M. Seguin! Qu'elle était jolie avec ses
yeux doux, sa barbiche de sous-officier, ses sabots
noirs et luisants, ses cornes zébrées et ses longs
poils blancs qui lui faisaient une houppelande;
c'était presque aussi charmant que le cabri d'Es-
meralda, tu te rappelles, Gringoire? — et puis
docile, caressante, se laissant traire sans bouger,
sans mettre son pied dans l'écuelle; un amour de
petite chèvre.

M. Seguin avait derrière sa maison un clos entouré d'aubépines. C'est là qu'il mit sa nouvelle
pensionnaire. Il l'attacha à un pieu, au plus bel
endroit du pré, en ayant soin de lui laisser beaucoup de corde, et de temps en temps il venait voir
si elle était bien. La chèvre se trouvait très heureuse, et broutait l'herbe de si bon cœur que
M. Seguin était ravi. « Enfin, pensait le pauvre
homme, en voilà une qui ne s'ennuiera pas chez
moi ! »

M. Seguin se trompait, sa chèvre s'ennuya.

Un jour, elle se dit en regardant la montagne:
« Comme on doit être bien là-haut ! Quel plaisir de gambader dans la bruyère, sans cette maudite longe qui vous écorche le cou !... C'est bon
pour l'âne ou pour le bœuf de brouter dans

un clos!... Les chèvres, il leur faut du large. »

A partir de ce moment, l'herbe du clos lui parut fade. L'ennui lui vint. Elle maigrit, son lait se fit rare. C'était pitié de la voir tirer tout le jour sur sa longe, la tête tournée du côté de la montagne, la narine ouverte, et faisant : *Mé !...* tristement.

M. Seguin s'apercevait bien que sa chèvre avait quelque chose, mais il ne savait pas ce que c'était. Un matin, comme il achevait de la traire, la chèvre se retourna et lui dit dans son patois :

« Écoutez, Monsieur Seguin, je me languis chez vous. Laissez-moi aller dans la montagne.

— Ah! mon Dieu!... Elle aussi! » cria M. Seguin stupéfait, et du coup il laissa tomber son écuelle; puis, s'asseyant dans l'herbe, à côté de sa chèvre :

« Comment! Blanquette, tu veux me quitter? »
Blanquette répondit :

« Oui, Monsieur Seguin.

— Est-ce que l'herbe te manque ici?

— Oh! non, Monsieur Seguin.

— Tu es peut-être attachée de trop court; veux-tu que j'allonge la corde?

— Ce n'est pas la peine, Monsieur Seguin.

— Alors, qu'est-ce qu'il te faut? Qu'est-ce que tu veux?

— Je veux aller dans la montagne, Monsieur Seguin.

— Mais, malheureuse, tu ne sais pas qu'il y a le loup dans la montagne... Que feras-tu quand il viendra ?

— Je lui donnerai des coups de corne, Monsieur Seguin.

— Le loup se moque bien de tes cornes. Il m'a mangé des biques autrement encornées que toi... Tu sais bien, la vieille Renaude, qui était ici l'an dernier ? une maîtresse chèvre, forte et méchante comme un bouc. Elle s'est battue avec le loup toute la nuit,... puis le matin le loup l'a mangée.

— Pécaïre ! Pauvre Renaude !... Ça ne fait rien, Monsieur Seguin, laissez-moi aller dans la montagne.

— Bonté divine ! dit M. Seguin... Mais qu'est-ce qu'on leur a donc fait, à mes chèvres ? Encore une que le loup va me manger... Eh bien, non,... je te sauverai malgré toi, coquine, et, de peur que tu ne rompes la corde, je vais t'enfermer dans l'étable, et tu y resteras toujours. »

Là-dessus M. Seguin emporta la chèvre dans une étable toute noire, dont il ferma la porte à double tour. Malheureusement il avait oublié la fenêtre, et à peine eut-il le dos tourné que la petite s'en alla.

Tu ris, Gringoire ?... Parbleu ! je crois bien ; tu es du parti des chèvres, toi, contre ce bon M. Seguin... Nous allons voir si tu riras tout à l'heure.

Quand la chèvre blanche arriva dans la montagne, ce fut un ravissement général. Jamais les vieux sapins n'avaient rien vu d'aussi joli. On la reçut comme une petite reine. Les châtaigniers se baissaient jusqu'à terre pour la caresser du bout de leurs branches. Les genêts d'or s'ouvraient sur son passage, et sentaient bon tant qu'ils pouvaient. Toute la montagne lui fit fête.

Tu penses, Gringoire, si notre chèvre était heureuse. Plus de corde, plus de pieu, rien qui l'empêchât de gambader, de brouter à sa guise... C'est là qu'il y en avait de l'herbe ! Jusque pardessus les cornes, mon cher... Et quelle herbe ! Savoureuse, fine, dentelée, faite de mille plantes. C'était bien autre chose que le gazon du clos. Et les fleurs donc !... De grandes campanules bleues, des digitales de pourpre à longs calices, toute une forêt de fleurs sauvages débordant de sucs capiteux.

La chèvre blanche, à moitié soûle, se vautrait là dedans les jambes en l'air et roulait le long des talus, pêle-mêle avec les feuilles tombées et les châtaignes... Puis tout à coup elle se redressait d'un bond sur ses pattes. Hop ! la voilà partie,

la tête en avant, à travers les maquis et les buis-
sières, tantôt sur un pic, tantôt au fond d'un ravin,
là-haut, en bas, partout. On aurait dit qu'il y
avait dix chèvres de M. Seguin dans la montagne.

C'est qu'elle n'avait peur de rien, la Blanquette.

Elle franchissait d'un saut de grands torrents
qui l'éclaboussaient au passage de poussière humide et d'écume. Alors, toute ruisselante, elle
allait s'étendre sur quelque roche plate et se faisait sécher au soleil... Une fois, s'avançant au bord
d'un plateau, une fleur de cytise aux dents, elle
aperçut en bas, tout en bas dans la plaine, la maison de M. Seguin avec le clos derrière. Cela la
fit rire aux larmes.

« Que c'est petit ! dit-elle ; comment ai-je pu
tenir là dedans ? »

Pauvrette ! de se voir si haut perchée, elle se
croyait au moins aussi grande que le monde.

En somme, ce fut une bonne journée pour la
chèvre de M. Seguin. Vers le milieu du jour, en
courant de droite et de gauche, elle tomba dans
une troupe de chamois en train de croquer une
lambrusque, à belles dents. Notre petite cou-
reuse en robe blanche fit sensation. On lui donna
la meilleure place à la lambrusque, et tous ces
messieurs furent très galants... Il paraît même, —
ceci doit rester entre nous, Gringoire, — qu'un

jeune chamois à pelage noir eut la bonne fortune
de plaire à Blanquette. Les deux amoureux s'éga-
rèrent parmi les bois une heure ou deux, et, si tu
veux savoir ce qu'ils se dirent, va le demander aux
sources bavardes qui courent invisibles dans la
mousse.

Tout à coup le vent fraîchit. La montagne
devint violette; c'était le soir. « Déjà! » dit la
petite chèvre; et elle s'arrêta fort étonnée.

En bas, les champs étaient noyés de brume. Le
clos de M. Seguin disparaissait dans le brouillard,
et de la maisonnette on ne voyait que le toit avec
un peu de fumée; elle écouta les clochettes d'un
troupeau qu'on ramenait, et se sentit l'âme toute
triste... Un gerfaut qui rentrait la frôla de ses ailes
en passant. Elle tressaillit... Puis ce fut un long
hurlement dans la montagne :

« Hou! hou! »

Elle pensa au loup; de tout le jour la folle n'y
avait pas pensé. Au même moment, une trompe
sonna bien loin dans la vallée. C'était ce bon
M. Seguin qui tentait un dernier effort.

« Hou! hou!... » faisait le loup.

« Reviens! reviens!... » criait la trompe.

Blanquette eut envie de rentrer; mais, en se
rappelant le pieu, la corde, la haie du clos, elle

pensa que maintenant elle ne pourrait plus se faire à cette vie, et qu'il valait mieux rester.

La trompe ne sonnait plus...

La chèvre entendit derrière elle un bruit de feuilles. Elle se retourna et vit dans l'ombre deux oreilles courtes toutes droites, avec deux yeux qui reluisaient... C'était le loup.

Énorme, immobile, assis sur son train de derrière, il était là, regardant la petite chèvre blanche et la dégustant par avance. Comme il savait bien qu'il la mangerait, le loup ne se pressait pas; seulement, quand elle se retourna, il se mit à rire méchamment : « Ha! ha! la petite chèvre de M. Seguin ! » et il passa sa grosse langue rouge sur ses babines d'amadou.

Blanquette se sentit perdue. Un moment, en se rappelant l'histoire de la vieille Renaude, qui s'était battue toute la nuit pour être mangée le matin, elle se dit qu'il vaudrait peut-être mieux se laisser manger tout de suite; puis, s'étant ravisée, elle tomba en garde, la tête basse et la corne en avant, comme une brave chèvre de M. Seguin qu'elle était. Non pas qu'elle eût l'espoir de tuer le loup, — les chèvres ne tuent pas le loup, — mais seulement pour voir si elle pourrait tenir aussi longtemps que la Renaude.

Alors le monstre s'avança, et les petites cornes entrèrent en danse.

Ah! la brave chevrette, comme elle y allait de bon cœur! Plus de dix fois, je ne mens pas, Gringoire, elle força le loup à reculer pour reprendre haleine. Pendant ces trêves d'une minute, la gourmande cueillait en hâte encore un brin de sa chère herbe, puis elle retournait au combat, la bouche pleine... Cela dura toute la nuit. De temps en temps la chèvre de M. Seguin regardait les étoiles danser dans le ciel clair, et elle se disait : « Oh! pourvu que je tienne jusqu'à l'aube ! »

L'une après l'autre, les étoiles s'éteignirent. Blanquette redoubla de coups de corne, le loup de coups de dents... Une lueur pâle parut dans l'horizon... Le chant d'un coq enroué monta d'une métairie. « Enfin! » dit la pauvre bête, qui n'attendait plus que le jour pour mourir; et elle s'allongea par terre dans sa belle fourrure blanche toute tachée de sang.

Alors le loup se jeta sur la petite chèvre et la mangea.

Adieu, Gringoire.

L'histoire que tu as entendue n'est pas un conte de mon invention. Si jamais tu viens en Provence, nos ménagers te parleront souvent de « *la cabro*

*de moussu Seguin , que se battégué touto la niue
emé lou loup, et piei lou matin lou loup la mangé[1].»*

Tu m'entends bien, Gringoire?

« *Et piei lou matin lou loup la mangé.* »

---

1. « La chèvre de M. Seguin, qui se battit toute la nuit avec
le loup, et puis le matin le loup l'a mangée. »

LE SOUS-PRÉFET

AUX CHAMPS

ONSIEUR le sous-préfet est en tournée. Cocher devant, laquais derrière, la calèche de la sous-préfecture l'emporte majestueusement au concours régional de la Combe-aux-Fées. Pour cette journée mémorable, monsieur le sous-préfet a mis son bel habit brodé, son petit claque, sa culotte collante à bandes d'argent et son épée de gala à poignée de nacre. Sur ses genoux repose une grande serviette en chagrin gaufré qu'il regarde tristement.

Monsieur le sous-préfet regarde tristement sa serviette en chagrin gaufré : il songe au fameux discours qu'il va falloir prononcer tout à l'heure devant les habitants de la Combe-aux-Fées... « Messieurs et chers administrés... » Mais il a beau tortiller la soie blonde de ses favoris et répéter vingt fois de suite... « Messieurs et chers administrés,... » la suite du discours ne vient pas.

La suite du discours ne vient pas. Il fait si chaud dans cette calèche ! A perte de vue, la route de la Combe-aux-Fées poudroie sous le soleil du Midi. L'air est embrasé, et sur les ormeaux du bord du chemin, tout couverts de poussière blanche, des milliers de cigales se répondent d'un arbre à l'autre... Tout à coup monsieur le sous-préfet tressaille. Là-bas, au pied d'un coteau, il vient d'apercevoir un petit bois de chênes verts qui semble lui faire signe.

Le petit bois de chênes verts semble lui faire signe : « Venez donc par ici, Monsieur le sous-préfet, pour composer votre discours, vous serez bien mieux sous mes arbres... » Monsieur le sous-préfet est séduit; il saute à bas de sa calèche et dit à ses gens de l'attendre, qu'il va composer son discours dans le petit bois de chênes verts.

Dans le petit bois de chênes verts il y a des oiseaux, des violettes, et des sources sous l'herbe fine. Quand ils ont aperçu monsieur le sous-préfet avec sa belle culotte et sa serviette en chagrin gaufré, les oiseaux ont eu peur et se sont arrêtés de chanter; les sources n'ont plus osé faire de bruit et les violettes se sont cachées dans le gazon... Tout ce petit monde-là n'a jamais vu de

sous-préfet, et se demande à voix basse quel est
ce beau seigneur qui se promène en culotte
d'argent.

A voix basse, sous la feuillée, on se demande
quel est ce beau seigneur en culotte d'argent...
Pendant ce temps-là, monsieur le sous-préfet, ravi
du silence et de la fraîcheur du bois, relève les pans
de son habit, pose son claque sur l'herbe, et s'as-
sied dans la mousse, au pied d'un jeune chêne;
puis il ouvre sur ses genoux sa grande serviette
en chagrin gaufré et en tire une large feuille de
papier-ministre. « C'est un artiste ! dit la fauvette.
— Non, dit le bouvreuil, ce n'est pas un artiste,
puisqu'il a une culotte en argent ; c'est plutôt un
prince.

« C'est plutôt un prince, dit le bouvreuil. —
Ni un artiste, ni un prince, interrompt un vieux
rossignol qui a chanté toute une saison dans les
jardins de la sous-préfecture... Je sais ce que c'est,
c'est un sous-préfet ! » Et tout le petit bois va
chuchotant : « C'est un sous-préfet ! c'est un sous-
préfet ! — Comme il est chauve ! » remarque une
alouette à grande huppe. Les violettes demandent : « Est-ce que c'est méchant ?

« Est-ce que c'est méchant ? » demandent les
violettes. Le vieux rossignol répond : « Pas du
tout ! » Et, sur cette assurance, les oiseaux se re-

mettent à chanter, les sources à courir, les violettes à embaumer, comme si le monsieur n'était
pas là... Impassible au milieu de tout ce joli tapage, monsieur le sous-préfet invoque dans son
cœur la muse des comices agricoles, et, le crayon
levé, commence à déclamer de sa voix de cérémonie : « Messieurs et chers administrés...

« Messieurs et chers administrés », dit le sous-
préfet de sa voix de cérémonie... Un éclat de rire
l'interrompt ; il se retourne et ne voit rien qu'un
gros pivert qui le regarde en riant, perché sur
son claque. Le sous-préfet hausse les épaules et
veut continuer son discours ; mais le pivert l'interrompt encore et lui crie de loin : « A quoi bon !
— Comment ! à quoi bon ? » dit le sous-préfet,
qui devient tout rouge ; et, chassant d'un geste
cette bête effrontée, il reprend de plus belle :
« Messieurs et chers administrés...

« Messieurs et chers administrés », a repris le
sous-préfet de plus belle ; mais alors, voilà les
petites violettes qui se haussent vers lui sur le
bout de leurs tiges et qui lui disent doucement :
« Monsieur le sous-préfet, sentez-vous comme
nous sentons bon ? » Et les sources lui font sous
la mousse une musique divine, et dans les branches, au-dessus de sa tête, des tas de fauvettes
viennent lui chanter leurs plus jolis airs, et tout

le petit bois conspire pour l'empêcher de composer son discours.

Tout le petit bois conspire pour l'empêcher de composer son discours... Monsieur le sous-préfet, grisé de parfums, ivre de musique, essaye vainement de résister au charme nouveau qui l'envahit. Il s'accoude sur l'herbe, dégrafe son bel habit, balbutie encore deux ou trois fois : « Messieurs et chers administrés,... messieurs et chers admi... messieurs et chers... » Puis il envoie les administrés au diable, et la muse des comices agricoles n'a plus qu'à se voiler la face.

Voile-toi la face, ô muse des comices agricoles ! Lorsque, au bout d'une heure, les gens de la sous-préfecture, inquiets de leur maître, sont entrés dans le petit bois, ils ont vu un spectacle qui les a fait reculer d'horreur. Monsieur le sous-préfet était couché sur le ventre, dans l'herbe, débraillé comme un bohème. Il avait mis son habit bas, et, tout en mâchonnant des violettes, monsieur le sous-préfet faisait des vers.

UN

RÉVEILLON DANS LE MARAIS

ONSIEUR Majesté, fabricant d'eau de Seltz dans le Marais, vient de faire un petit réveillon chez des amis de la place Royale, et regagne son logis en fredonnant... Deux heures sonnent à Saint-Paul. « Comme il est tard ! » se dit le brave homme, et il se dépêche ; mais le pavé glisse, les rues sont noires, et puis dans ce diable de vieux quartier, qui date du temps où les voitures étaient rares, il y a un tas de tournants, d'encoignures, de bornes devant les portes, à l'usage des cavaliers. Tout cela empêche d'aller vite, surtout quand on a déjà les jambes un peu lourdes, et les yeux embrouillés par les toasts du réveillon. Enfin M. Majesté arrive chez lui. Il s'arrête devant un grand portail orné, où brille au clair de lune un écusson doré de neuf, d'an-

ciennes armoiries repeintes dont il a fait sa marque de fabrique :

HOTEL CI-DEVANT DE NESMOND

MAJESTÉ JEUNE

FABRICANT D'EAU DE SELTZ

Sur tous les siphons de la fabrique, sur les bordereaux, les têtes de lettres, s'étalent ainsi et resplendissent les vieilles armes des Nesmond.

Après le portail, c'est la cour, une large cour aérée et claire, qui dans le jour, en s'ouvrant, fait de la lumière à toute la rue. Au fond de la cour, une grande bâtisse très ancienne, des murailles noires, brodées, ouvragées, des balcons de fer arrondis, des balcons de pierre à pilastres, d'immenses fenêtres très hautes, surmontées de frontons, de chapiteaux qui s'élèvent aux derniers étages comme autant de petits toits dans le toit, et enfin sur le faîte, au milieu des ardoises, les lucarnes des mansardes, rondes, coquettes, encadrées de guirlandes comme des miroirs; avec cela un grand perron de pierre, rongé et verdi par la pluie, une vigne maigre qui s'accroche aux murs, aussi noire, aussi tordue que la corde qui se balance là-haut à la poulie du grenier, je ne sais quel grand air de vétusté et de tristesse... C'est l'ancien hôtel de Nesmond.

En plein jour, l'aspect de l'hôtel n'est pas le même. Les mots : *Caisse*, *Magasin*, *Entrée des ateliers*, éclatent partout en or sur les vieilles murailles, les font vivre, les rajeunissent. Les camions des chemins de fer ébranlent le portail ; les commis s'avancent au perron, la plume à l'oreille, pour recevoir les marchandises. La cour est encombrée de caisses, de paniers, de paille, de toile d'emballage. On se sent bien dans une fabrique. Mais avec la nuit, le grand silence, cette lune d'hiver qui, dans le fouillis des toits compliqués, jette et entremêle des ombres, l'antique maison des Nesmond reprend ses allures seigneuriales. Les balcons sont en dentelle ; la cour d'honneur s'agrandit, et le vieil escalier, qu'éclairent des jours inégaux, vous a des recoins de cathédrale, avec des niches vides et des marches perdues qui ressemblent à des autels.

Cette nuit-là surtout, M. Majesté trouve à sa maison un aspect singulièrement grandiose. En traversant la cour déserte, le bruit de ses pas l'impressionne. L'escalier lui paraît immense, surtout très lourd à monter. C'est le réveillon sans doute... Arrivé au premier étage, il s'arrête pour respirer, et s'approche d'une fenêtre. Ce que

c'est que d'habiter une maison historique! M. Majesté n'est pas poète, oh! non; et pourtant, en
regardant cette belle cour aristocratique, où la
lune étend une nappe de lumière bleue, ce vieux
logis de grand seigneur qui a si bien l'air de dormir avec ses toits engourdis sous leur capuchon
de neige, il lui passe par l'esprit des idées de
l'autre monde :

« Hein? tout de même, si les Nesmond revenaient !... »

A ce moment un grand coup de sonnette re-
tentit. Le portail s'ouvre à deux battants, si vite, si
brusquement, que le réverbère s'éteint; et pendant
quelques minutes il se fait là-bas, dans l'ombre de
la porte, un bruit confus de frôlements, de chuchotements. On se dispute, on se presse pour entrer.
Voici des valets, beaucoup de valets, des carrosses tout en glaces miroitant au clair de lune, des
chaises à porteurs balancées entre deux torches
qui s'avivent au courant d'air du portail. En rien
de temps la cour est encombrée. Mais au pied du
perron la confusion cesse. Des gens descendent des
voitures, se saluent, entrent en causant comme s'ils
connaissaient la maison. Il y a là, sur ce perron,
un froissement de soie, un cliquetis d'épées. Rien
que des chevelures blanches, alourdies et mates
de poudre; rien que des petites voix claires, un

peu tremblantes, des petits rires sans timbre, des
pas légers. Tous ces gens ont l'air d'être vieux,
vieux. Ce sont des yeux effacés, des bijoux endormis, d'anciennes soies brochées, adoucies de
nuances changeantes, que la lumière des torches
fait briller d'un éclat doux ; et sur tout cela flotte
un petit nuage de poudre, qui monte des cheveux
échafaudés, roulés en boucles, à chacune de ces
jolies révérences, un peu guindées par les épées et
les grands paniers. Bientôt toute la maison a l'air
d'être hantée. Les torches brillent de fenêtre en
fenêtre, montent et descendent dans le tournoie-
ment des escaliers. Jusqu'aux lucarnes des mansardes qui ont leur étincelle de fête et de vie ! Tout
l'hôtel de Nesmond s'illumine, comme si un grand
coup de soleil couchant avait allumé ses vitres.

« Ah ! mon Dieu ! ils vont mettre le feu !...» se
dit M. Majesté. Et, revenu de sa stupeur, il tâche
de secouer l'engourdissement de ses jambes et
descend vite dans la cour, où les laquais viennent
d'allumer un grand feu clair. M. Majesté s'approche ; il leur parle. Les laquais ne lui répondent pas, et continuent de causer tout bas entre
eux, sans que la moindre vapeur s'échappe de
leurs lèvres dans l'ombre glaciale de la nuit.
M. Majesté n'est pas content ; cependant une
chose le rassure, c'est que ce grand feu qui flambe

si haut et si droit est un feu singulier, une flamme
sans chaleur, qui brille et ne brûle pas. Tranquil-
lisé de ce côté, le bonhomme franchit le perron
et entre dans ses magasins.

Ces magasins du rez-de-chaussée devaient faire
autrefois de beaux salons de réception. Des par-
celles d'or terni brillent encore à tous les angles.
Des peintures mythologiques tournent au plafond,
entourent les glaces, flottent au-dessus des portes
dans des teintes vagues, un peu ternes, comme
le souvenir des années écoulées. Malheureusement il n'y a plus de rideaux, plus de meubles;
seulement des paniers, de grandes caisses pleines
de siphons à têtes d'étain, et les branches dessé-
chées d'un vieux lilas qui montent toutes noires
derrière les vitres. M. Majesté, en entrant, trouve
son magasin plein de lumière et de monde. Il
salue, mais personne ne fait attention à lui. Les
femmes, au bras de leurs cavaliers, continuent à
minauder cérémonieusement sous leurs pelisses de
satin. On se promène, on cause, on se disperse.
Vraiment tous ces vieux marquis ont l'air d'être
chez eux. Devant un trumeau peint, une petite
ombre s'arrête, toute tremblante: « Dire que c'est
moi, et que me voilà! » et elle regarde en souriant
une Diane qui se dresse dans la boiserie, — mince
et rose, avec un croissant au front.

« Nesmond, viens donc voir tes armes ! » et tout le monde rit en regardant le blason des Nesmond qui s'étale sur une toile d'emballage, avec le nom de Majesté au-dessous.

« Ah ! ah ! ah !... Majesté !... Il y en a donc encore des Majestés en France ? »

Et ce sont des gaietés sans fin, de petits rires à son de flûte, des doigts en l'air, des bouches qui minaudent...

Tout à coup quelqu'un crie :

« Du champagne ! du champagne !

— Mais non !...

— Mais si !... si, c'est du champagne... Allons, Comtesse, vite un petit réveillon. »

C'est de l'eau de Seltz de M. Majesté qu'ils ont prise pour du champagne. On le trouve bien un peu éventé ; mais bah ! on le boit tout de même, et, comme ces pauvres petites ombres n'ont pas la tête bien solide, peu à peu cette mousse d'eau de Seltz les anime, les excite, leur donne envie de danser. Des menuets s'organisent. Quatre fins violons que Nesmond a fait venir commencent un air de Rameau, tout en triolets, menu et mélancolique dans sa vivacité. Il faut voir toutes ces jolies vieilles tourner lentement, saluer en mesure d'un air grave. Leurs atours en sont rajeunis, et aussi les gilets d'or, les habits brochés, les souliers

à boucles de diamants. Les panneaux eux-mêmes
semblent revivre en entendant ces anciens airs.
La vieille glace, enfermée dans le mur depuis deux
cents ans, les reconnaît aussi, et, tout éraflée, noircie
aux angles, elle s'allume doucement et renvoie
aux danseurs leur image, un peu effacée, comme
attendrie d'un regret. Au milieu de toutes ces
élégances, M. Majesté se sent gêné. Il s'est blotti
derrière une caisse et regarde.

Petit à petit cependant le jour arrive. Par les
portes vitrées du magasin, on voit la cour blan-
chir, puis le haut des fenêtres, puis tout un côté
du salon. A mesure que la lumière vient, les figures s'effacent, se confondent. Bientôt M. Majesté
ne voit plus que deux petits violons attardés dans
un coin, et que le jour évapore en les touchant.
Dans la cour, il aperçoit encore, mais si vague,
la forme d'une chaise à porteurs, une tête poudrée
semée d'émeraudes, les dernières étincelles d'une
torche que les laquais ont jetée sur le pavé, et qui
se mêlent avec le feu des roues d'une voiture de
roulage entrant à grand bruit par le portail ouvert...

WOOD'STOWN

CONTE FANTASTIQUE

'EMPLACEMENT était superbe pour bâtir une ville. Il n'y avait qu'à déblayer les bords du fleuve, en abattant une partie de la forêt, de l'immense forêt vierge enracinée là depuis la naissance du monde. Alors, abritée tout autour par des collines boisées, la ville descendrait jusqu'aux quais d'un port magnifique, établi dans l'embouchure de la rivière Rouge, à quatre milles seulement de la mer.

Dès que le gouvernement de Washington eut accordé la concession, charpentiers et bûcherons se mirent à l'œuvre; mais vous n'avez jamais vu une forêt pareille. Cramponnée au sol de toutes ses lianes, de toutes ses racines, quand on l'abattait par un bout, elle repoussait d'un autre, se rajeunissait de ses blessures; et chaque coup de

hache faisait sortir des bourgeons verts. Les rues,
les places de la ville, à peine tracées, étaient enva-
hies par la végétation. Les murailles grandissaient
moins vite que les arbres, et, sitôt élevées, croulaient sous l'effort des racines toujours vivantes.

Pour venir à bout de cette résistance où s'é-
moussait le fer des cognées et des haches, on fut
obligé de recourir au feu. Jour et nuit une fumée
étouffante emplit l'épaisseur des fourrés, pendant
que les grands arbres au-dessus flambaient comme
des cierges. La forêt essaya de lutter encore, re-
tardant l'incendie avec des flots de sève et la fraîcheur sans air de ses feuillages pressés. Enfin
l'hiver arriva. La neige s'abattit comme une seconde mort sur les grands terrains pleins de troncs
noircis, de racines consumées. Désormais on
pouvait bâtir.

Bientôt une ville immense, toute en bois comme
Chicago, s'étendit aux bords de la rivière
Rouge, avec ses larges rues alignées, numéro-
tées, rayonnant autour des places, sa Bourse, ses
halles, ses églises, ses écoles, et tout un attirail
maritime de hangars, de douanes, de docks, d'en-
trepôts, de chantiers de construction pour les
navires. La ville de bois, Wood'stown, — comme
on l'appela, — fut vite peuplée par les essuyeurs
de plâtres des villes neuves. Une activité fiévreuse

circula dans tous ses quartiers ; mais sur les collines environnantes, dominant les rues pleines de
foule et le port encombré de vaisseaux, une masse
sombre et menaçante s'étalait en demi-cercle.
C'était la forêt qui regardait.

Elle regardait cette ville insolente qui lui avait
pris sa place au bord du fleuve et trois milles
d'arbres gigantesques. Tout Wood'stown était
fait avec sa vie à elle. Les hauts mâts qui se ba-
lançaient là-bas dans le port, ces toits innom-
brables abaissés l'un vers l'autre, jusqu'à la dernière cabane du faubourg le plus éloigné, elle
avait tout fourni, même les instruments de travail, même les meubles, mesurant seulement ses
services à la longueur de ses branches. Aussi
quelle rancune terrible elle gardait contre cette
ville de pillards !

Tant que l'hiver dura, on ne s'aperçut de rien.
Les gens de Wood'stown entendaient parfois un
craquement sourd dans leurs toitures, dans leurs
meubles. De temps en temps une muraille se
fendait, un comptoir de magasin éclatait en
deux bruyamment. Mais le bois neuf est sujet à
ces accidents, et personne n'y attachait d'impor-
tance. Cependant, aux approches du printemps,
— un printemps subit, violent, si riche de sèves
qu'on en sentait sous terre comme un bruissement

de sources, — le sol commença à s'agiter, soulevé par des forces invisibles et actives. Dans chaque maison, les meubles, les parois des murs, se gonflèrent, et l'on vit sur les planchers de longues boursouflures comme au passage d'une taupe. Ni portes ni fenêtres, rien ne marchait plus. « C'est l'humidité, disaient les habitants. Avec la chaleur, cela passera. »

Tout à coup, au lendemain d'un grand orage venu de la mer, qui apportait l'été dans ses éclairs brûlants et sa pluie tiède, la ville en se réveillant eut un cri de stupeur. Les toits rouges des monuments publics, les clochers des églises, le plancher des maisons et jusqu'au bois des lits, tout était saupoudré d'une teinte verte, mince comme une moisissure, légère comme une dentelle. De près, c'était une quantité de bourgeons microscopiques, où l'enroulement des feuilles se voyait déjà. Cette bizarrerie des pluies amusa sans inquiéter ; mais, avant le soir, des bouquets de verdure s'épanouissaient partout sur les meubles, sur les murailles. Les branches poussaient à vue d'œil ; légèrement retenues dans la main, on les sentait grandir et se débattre comme des ailes.

Le jour suivant, tous les appartements avaient l'air de serres. Des lianes suivaient les rampes d'escalier. Dans les rues étroites, des branches se

joignaient d'un toit à l'autre, mettant au-dessus
de la ville bruyante l'ombre des avenues fores-
tières. Cela devenait inquiétant. Pendant que les
savants réunis délibéraient sur ce cas de végétation extraordinaire, la foule se pressait dehors
pour voir les différents aspects du miracle. Les
cris de surprise, la rumeur étonnée de tout ce
peuple inactif, donnaient de la solennité à cet
étrange événement. Soudain quelqu'un cria :
« Regardez donc la forêt ! » Et l'on s'aperçut avec
terreur que depuis deux jours le demi-cercle ver-
doyant s'était beaucoup rapproché. La forêt avait
l'air de descendre vers la ville. Toute une avant-
garde de ronces, de lianes, s'allongeait jusqu'aux
premières maisons des faubourgs.

Alors Wood'stown commença à comprendre
et à avoir peur. Évidemment la forêt venait re-
conquérir sa place au bord du fleuve ; et ses arbres, abattus, dispersés, transformés, se dépri-
sonnaient pour aller au-devant d'elle. Comment
résister à l'invasion ? Avec le feu, on risquait
d'embraser la ville entière. Et que pouvaient les
haches contre cette sève sans cesse renaissante,
ces racines monstrueuses attaquant le sol en dessous, ces milliers de graines volantes qui ger-
maient en se brisant et faisaient pousser un arbre
partout où elles tombaient ?

Pourtant tout le monde se mit bravement à
l'œuvre avec des faux, des herses, des cognées,
et l'on fit un immense abatis de feuillages. Mais
en vain. D'heure en heure la confusion des forêts
vierges, où l'entrelacement des lianes joint entre
elles des pousses gigantesques, envahissait les
rues de Wood'stown. Déjà les insectes, les rep-
tiles, faisaient irruption. Il y avait des nids dans
tous les coins, et de grands coups d'ailes, et des
masses de petits becs jaseurs. En une nuit les
greniers de la ville furent épuisés par toutes les
couvées écloses. Puis, comme une ironie au milieu
de ce désastre, des papillons de toutes grandeurs,
de toutes couleurs, volaient sur les grappes fleuries, et les abeilles prévoyantes qui cherchent des
abris sûrs, au creux de ces arbres si vite poussés,
installaient leurs rayons de miel comme une
preuve de durée.

Vaguement, dans la houle bruyante des feuillages, on entendait les coups sourds des cognées
et des haches ; mais le quatrième jour tout travail
fut reconnu impossible. L'herbe montait trop
haute, trop épaisse. Des lianes grimpantes s'ac-
crochaient aux bras des bûcherons, garrottaient
leurs mouvements. D'ailleurs les maisons étaient
devenues inhabitables ; les meubles, chargés de
feuilles, avaient perdu leurs formes. Les plafonds

s'effondraient, percés par la lance des yuccas, la longue épine des acajous ; et à la place des toitures s'étalait le dôme immense des catalpas. C'est fini, il fallait fuir.

A travers le réseau de plantes et de branches qui se resserraient de plus en plus, les gens de Wood'stown, épouvantés, se précipitèrent vers le fleuve, emportant le plus qu'ils pouvaient de richesses, d'objets précieux. Mais que de peine pour gagner le bord de l'eau ! Il n'y avait plus de quais. Rien que des roseaux gigantesques. Les chantiers maritimes où s'abritaient les bois de construction avaient fait place à des forêts de sapins ; et, dans le port tout en fleurs, les navires neufs semblaient des îlots de verdure. Heureusement qu'il se trouvait là quelques frégates blindées sur lesquelles la foule se réfugia et d'où elle put voir la vieille forêt joindre victorieusement la forêt nouvelle.

Peu à peu les arbres confondirent leurs cimes, et, sous le ciel plein de soleil, l'énorme masse de feuillage s'étendit des bords du fleuve à l'horizon lointain. Plus trace de ville, ni de toits, ni de murs. De temps en temps un bruit sourd d'écroulement, dernier écho de la ruine, ou le coup de hache d'un bûcheron enragé, retentissait sous la profondeur du feuillage. Puis plus rien que le silence vibrant, bruissant, bourdonnant, des nuées de papillons blancs tournoyant sur la rivière déserte, et là-bas, vers la haute mer, un navire qui s'enfuyait, trois grands arbres verts dressés au milieu de ses voiles, emportant les derniers émigrés de ce qui fut Wood'stown.

LES TROIS MESSES BASSES

I

EUX dindes truffées, Garrigou?...

— Oui, mon révérend, deux dindes magnifiques bourrées de truffes. J'en sais quelque chose, puisque c'est moi qui ai aidé à les remplir. On aurait dit que leur peau allait craquer en rôtissant, tellement elle était tendue...

—Jésus-Maria! moi qui aime tant les truffes!... Donne-moi vite mon surplis, Garrigou... Et avec les dindes, qu'est-ce que tu as encore aperçu à la cuisine?...

— Oh! toutes sortes de bonnes choses... Depuis midi, nous n'avons fait que plumer des faisans, des huppes, des gelinottes, des coqs de bruyère. La plume en volait partout... Puis de l'étang on a apporté des anguilles, des carpes dorées, des truites, des...

— Grosses comment, les truites, Garrigou?...

— Grosses comme ça, mon révérend... Énormes!...

— Oh! Dieu! il me semble que je les vois!... As-tu mis le vin dans les burettes?

— Oui, mon révérend, j'ai mis le vin dans les burettes... Mais dame! il ne vaut pas celui que vous boirez tout à l'heure en sortant de la messe de minuit. Si vous voyiez cela dans la salle à manger du château, toutes ces carafes qui flambent, pleines de vins de toutes les couleurs... Et la vaisselle d'argent, les surtouts ciselés, les fleurs, les candélabres!... Jamais il ne se sera vu un réveillon pareil. Monsieur le marquis a invité tous les seigneurs du voisinage. Vous serez au moins quarante à table, sans compter le bailli ni le tabellion... Ah! vous êtes bien heureux d'en être, mon révérend... Rien que d'avoir flairé ces belles dindes, l'odeur des truffes me suit partout.. Meuh!...

— Allons, allons, mon enfant. Gardons-nous du péché de gourmandise, surtout la nuit de la Nativité... Va bien vite allumer les cierges et sonner le premier coup de la messe : car voilà que minuit est proche, et il ne faut pas nous mettre en retard... »

Cette conversation se tenait une nuit de Noël

de l'an de grâce mil six cent et tant, entre le révérend dom Balaguère, ancien prieur des Barna-
bites, présentement chapelain gagé des sires de
Trinquelague, et son petit clerc Garrigou, ou du
moins ce qu'il croyait être le petit clerc Garrigou :
car vous saurez que le diable, ce soir-là, avait
pris la face ronde et les traits indécis du jeune
sacristain pour mieux induire le révérend père en
tentation et lui faire commettre un épouvantable
péché de gourmandise. Donc, pendant que le soi-
disant Garrigou (hum! hum!) faisait à tour de
bras carillonner les cloches de la chapelle seigneuriale, le révérend achevait de revêtir sa cha-
suble dans la petite sacristie du château, et,
l'esprit déjà troublé par toutes ces descriptions
gastronomiques, il se répétait à lui-même en
s'habillant :

« Des dindes rôties,... des carpes dorées,... des
truites grosses comme ça!... »

Dehors, le vent de la nuit soufflait, éparpillant
la musique des cloches, et à mesure des lumières
apparaissaient dans l'ombre aux flancs du mont
Ventoux, en haut duquel s'élevaient les vieilles
tours de Trinquelague. C'étaient des familles de
métayers qui venaient entendre la messe de minuit au château. Ils grimpaient la côte en chantant par groupes de cinq ou six, le père en avant

la lanterne en main, les femmes enveloppées dans
leurs grandes mantes brunes où les enfants se
serraient et s'abritaient. Malgré l'heure et le froid,
tout ce brave peuple marchait allègrement, sou-
tenu par l'idée qu'au sortir de la messe il y aurait, comme tous les ans, table mise pour eux en
bas, dans les cuisines. De temps en temps, sur la
rude montée, le carrosse d'un seigneur, précédé
de porteurs de torches, faisait miroiter ses glaces
au clair de lune, ou bien une mule trottait en
agitant ses sonnailles, et, à la lueur des falots
enveloppés de brume, les métayers reconnaissaient leur bailli et le saluaient au passage :

« Bonsoir, bonsoir, Maître Arnoton.

— Bonsoir, bonsoir, mes enfants. »

La nuit était claire, les étoiles avivées de froid;
la bise piquait, et un fin grésil glissant sur les
vêtements sans les mouiller gardait fidèlement la
tradition des Noëls blancs de neige. Tout en haut
de la côte, le château apparaissait comme le but,
avec sa masse énorme de tours, de pignons, le
clocher de sa chapelle montant dans le ciel bleu
noir, et une foule de petites lumières qui cligno-
taient, allaient, venaient, s'agitaient à toutes les
fenêtres, et ressemblaient, sur le fond sombre du
bâtiment, aux étincelles courant dans des cendres
de papier brûlé... Passé le pont-levis et la po-

terne, il fallait, pour se rendre à la chapelle, traverser la première cour, pleine de carrosses, de
valets, de chaises à porteurs, toute claire du feu
des torches et de la flambée des cuisines. On entendait le tintement des tournebroches, le fracas
des casseroles, le choc des cristaux et de l'argenterie remués dans les apprêts d'un repas; par
là-dessus, une vapeur tiède qui sentait bon les
chairs rôties et les herbes fortes des sauces com-
pliquées faisait dire aux métayers, comme au
chapelain, comme au bailli, comme à tout le
monde :

« Quel bon réveillon nous allons faire après la
messe! »

II

Drelindin din!... drelindin din!...

C'est la messe de minuit qui commence. Dans
la chapelle du château, une cathédrale en minia-
ture, aux arceaux entre-croisés, aux boiseries de
chêne, montant jusqu'à hauteur des murs, toutes
les tapisseries ont été tendues, tous les cierges
allumés. Et que de monde! Et que de toilettes!
Voici d'abord, assis dans les stalles sculptées qui
entourent le chœur, le sire de Trinquelague, en

habit de taffetas saumon, et près de lui tous les
nobles seigneurs invités. En face, sur des prie-
Dieu garnis de velours, ont pris place la vieille
marquise douairière dans sa robe de brocart couleur de feu, et la jeune dame de Trinquelague,
coiffée d'une haute tour de dentelle, gaufrée à la
dernière mode de la cour de France. Plus bas,
on voit, vêtus de noir avec de vastes perruques
en pointe et des visages rasés, le bailli Thomas
Arnoton et le tabellion maître Ambroy, deux
notes graves parmi les soies voyantes et les damas
brochés. Puis viennent les gras majordomes, les
pages, les piqueurs, les intendants, dame Barbe,
toutes ses clefs pendues, sur le côté, à un clavier
d'argent fin. Au fond, sur les bancs, c'est le bas
office, les servantes, les métayers avec leurs familles; et enfin, là-bas, tout contre la porte, qu'ils
entr'ouvrent et referment discrètement, messieurs
les marmitons, qui viennent entre deux sauces
prendre un petit air de messe et apporter une
odeur de réveillon dans l'église tout en fête et
tiède de tant de cierges allumés.

Est-ce la vue de ces petites barrettes blanches
qui donne des distractions à l'officiant? Ne se-
rait-ce pas plutôt la sonnette de Garrigou, cette
enragée petite sonnette qui s'agite au pied de
l'autel avec une précipitation infernale et semble

dire tout le temps : « Dépêchons-nous, dépêchons-nous!... Plus tôt nous aurons fini, plus tôt
nous serons à table »? Le fait est que chaque fois
qu'elle tinte, cette sonnette du diable, le chapelain oublie sa messe et ne pense plus qu'au réveillon. Il se figure les cuisines en rumeur, les
fourneaux où brûle un feu de forge, la buée qui
monte des couvercles entr'ouverts, et dans cette
buée deux dindes magnifiques, bourrées, tendues,
marbrées de truffes...

Ou bien encore il voit passer des files de petits
pages portant des plats enveloppés de vapeurs
tentantes, et avec eux il entre dans la grande
salle déjà prête pour le festin. O délices! voilà
l'immense table toute chargée et flamboyante,
les paons habillés de leurs plumes, les faisans
écartant leurs ailes mordorées, les flacons couleur
de rubis, les pyramides de fruits éclatant parmi
les branches vertes, et ces merveilleux poissons
dont parlait Garrigou (ah bien, oui! Garrigou!)
étalés sur un lit de fenouil, l'écaille nacrée comme
s'ils sortaient de l'eau, avec un bouquet d'herbes
odorantes dans leurs narines de monstres. Si vive
est la vision de ces merveilles qu'il semble à dom
Balaguère que tous ces plats mirifiques sont servis
devant lui sur les broderies de la nappe d'autel,
et deux ou trois fois, au lieu de *Dominus vobis-*

cum, il se surprend à dire le *Benedicite.* A part ces légères méprises, le digne homme débite son office très consciencieusement, sans passer une ligne, sans omettre une génuflexion, et tout marche assez bien jusqu'à la fin de la première messe : car vous savez que le jour de Noël le même officiant doit célébrer trois messes consécutives.

« Et d'une ! » se dit le chapelain avec un soupir de soulagement ; puis, sans perdre une minute, il fait signe à son clerc ou celui qu'il croit être son clerc, et...

Drelindin din !... drelindin din !...

C'est la seconde messe qui commence, et avec elle commence aussi le péché de dom Balaguère. « Vite, vite, dépêchons-nous ! » lui crie de sa petite voix aigrelette la sonnette de Garrigou, et cette fois le malheureux officiant, tout abandonné au démon de gourmandise, se rue sur le missel et dévore les pages avec l'avidité de son appétit en surexcitation. Frénétiquement il se baisse, se relève, esquisse les signes de croix, les génuflexions, raccourcit tous ses gestes pour avoir plus tôt fini. A peine s'il étend ses bras à l'évangile, s'il frappe sa poitrine au *Confiteor.* Entre le clerc et lui c'est à qui bredouillera le plus vite. Versets et répons se précipitent, se bousculent. Les mots à moitié prononcés, sans ouvrir la bou-

Contes d'Alphonse Daudet.   3g

che, ce qui prendrait trop de temps, s'achèvent
en murmures incompréhensibles.

Oremus ps... ps... ps...

Mea culpa... pa... pa...

Pareils à des vendangeurs pressés foulant le
raisin de la cuve, tous deux barbotent dans le
latin de la messe, en envoyant des éclaboussures
de tous les côtés.

Dom... scum !... dit Balaguère.

...Stutuo !... répond Garrigou , et tout le
temps la damnée petite sonnette est là qui tinte
à leurs oreilles, comme ces grelots qu'on met aux
chevaux de poste pour les faire galoper à la grande
vitesse. Pensez que de ce train-là une messe basse
est vite expédiée.

« Et de deux ! » dit le chapelain tout essoufflé ;
puis, sans prendre le temps de respirer, rouge,
suant, il dégringole les marches de l'autel, et...

Drelindin din !... drelindin din !...

C'est la troisième messe qui commence. Il n'y
a plus que quelques pas à faire pour arriver à la
salle à manger ; mais, hélas ! à mesure que le réveillon approche, l'infortuné Balaguère se sent
pris d'une folie d'impatience et de gourmandise.
Sa vision s'accentue, les carpes dorées, les dindes
rôties, sont là, là, il les touche,... il les... Oh !
Dieu !... Les plats fument, les vins embaument ;

et, secouant son grelot enragé, la petite sonnette
lui crie :

« Vite, vite, encore plus vite!... »

Mais comment pourrait-il aller plus vite? Ses
lèvres remuent à peine, il ne prononce plus les
mots... A moins de tricher tout à fait le bon Dieu
et de lui escamoter sa messe... Et c'est ce qu'il
fait, le malheureux!... De tentation en tentation,
il commence par sauter un verset, puis deux.
Puis l'épître est trop longue, il ne la finit pas,
effleure l'évangile, passe devant le *Credo* sans
entrer, saute le *Pater,* salue de loin la préface, et
par bonds et par élans se précipite ainsi dans la
damnation éternelle, toujours suivi de l'infâme
Garrigou (*vade retro, Satanas!*), qui le seconde
avec une merveilleuse entente, lui relève sa cha-
suble, tourne les feuillets deux par deux, bous-
cule les pupitres, renverse les burettes, et sans
cesse secoue la petite sonnette de plus en plus
fort, de plus en plus vite.

Il faut voir la figure effarée que font tous les
assistants! Obligés de suivre à la mimique du
prêtre cette messe dont ils n'entendent pas un
mot, les uns se lèvent quand les autres s'age-
nouillent, s'asseyent quand les autres sont debout,
et toutes les phases de ce singulier office se confondent sur les bancs dans une foule d'attitudes

diverses. L'étoile de Noël en route dans les chemins du ciel, là-bas vers la petite étable, pâlit
d'épouvante en voyant cette confusion...

« L'abbé va trop vite... On ne peut pas suivre », murmure la vieille douairière en agitant sa
coiffe avec égarement. Maître Arnoton, ses
grandes lunettes d'acier sur le nez, cherche dans
son paroissien où diantre on pourrait bien en être.
Mais au fond, tous ces braves gens, qui eux aussi
pensent à réveillonner, ne sont pas fâchés que
la messe aille ce train de poste; et quand dom
Balaguère, la face rayonnante, se tourne vers
l'assistance en criant de toutes ses forces : *Ite,
missa est,* il n'y a qu'une voix dans la chapelle
pour lui répondre un *Deo gratias* si joyeux, si
entraînant, qu'on se croirait déjà à table, au
premier toast du réveillon.

III

Cinq minutes après, la foule des seigneurs
s'asseyait dans la grande salle, le chapelain au
milieu d'eux. Le château, illuminé du haut en
bas, retentissait de chants, de cris, de rires, de
rumeurs, et le vénérable dom Balaguère plantait
sa fourchette dans une aile de gelinotte, noyant
le remords de son péché sous des flots de vin du

pape et de bons jus de viandes. Tant il but et mangea, le pauvre saint homme, qu'il mourut dans la nuit d'une terrible attaque, sans avoir eu seulement le temps de se repentir ; puis au matin il arriva dans le ciel, encore tout en rumeur des fêtes de la nuit, et je vous laisse à penser comme il y fut reçu !

« Retire-toi de mes yeux, mauvais chrétien, lui dit le souverain Juge, notre maître à tous, ta faute est assez grande pour effacer toute une vie de vertu... Ah ! tu m'as volé une messe de nuit... Eh bien, tu m'en payeras trois cents en place, et tu n'entreras en paradis que quand tu auras célébré dans ta propre chapelle ces trois cents messes de Noël en présence de tous ceux qui ont péché par ta faute et avec toi... »

...Et voilà la vraie légende de dom Balaguère comme on la raconte au pays des olives. Aujourd'hui le château de Trinquelague n'existe plus, mais la chapelle se tient encore droite tout en haut du mont Ventoux, dans un bouquet de chênes verts. Le vent fait battre sa porte disjointe, l'herbe encombre le seuil ; il y a des nids aux angles de l'autel et dans l'embrasure des hautes croisées dont les vitraux coloriés ont disparu depuis longtemps. Cependant il paraît que tous les ans, à Noël, une lumière surnaturelle erre parmi

ces ruines, et qu'en allant aux messes et aux ré-
veillons, les paysans aperçoivent ce spectre de
chapelle éclairé de cierges invisibles qui brûlent
au grand air, même sous la neige et le vent.
Vous en rirez si vous voulez, mais un vigneron
de l'endroit, nommé Garrigue, sans doute un descendant de Garrigou, m'a affirmé qu'un soir de
Noël, se trouvant un peu en ribote, il s'était
perdu dans la montagne, du côté de Trinquelague; et voici ce qu'il avait vu... Jusqu'à onze
heures, rien. Tout était silencieux, éteint, ina-
nimé. Soudain, vers minuit, un carillon sonna
tout en haut du clocher, un vieux, vieux carillon
qui avait l'air d'être à dix lieues. Bientôt, dans le
chemin qui monte, Garrigue vit trembler des
feux, s'agiter des ombres indécises. Sous le porche de la chapelle on marchait, on chuchotait :

« Bonsoir, Maître Arnoton.

— Bonsoir, bonsoir, mes enfants... »

Quand tout le monde fut entré, mon vigneron,
qui était très brave, s'approcha doucement, et,
regardant par la porte cassée, eut un singulier
spectacle. Tous ces gens qu'il avait vus passer
étaient rangés autour du chœur, dans la nef en
ruine, comme si les anciens bancs existaient encore. De belles dames en brocart avec des coiffes
de dentelle, des seigneurs chamarrés du haut en

bas, des paysans en jaquettes fleuries ainsi qu'en
avaient nos grands-pères, tous l'air vieux, fané,
poussiéreux, fatigué. De temps en temps des
oiseaux de nuit, hôtes habituels de la chapélle,
réveillés par toutes ces lumières, venaient rôder
autour des cierges dont la flamme montait droite
et vague comme si elle avait brûlé derrière une
gaze; et ce qui amusait beaucoup Garrigue, c'é-
tait un certain personnage à grandes lunettes
d'acier, qui secouait à chaque instant sa haute
perruque noire, sur laquelle un de ces oiseaux se
tenait droit, tout empêtré, en battant silencieusement des ailes...

Dans le fond, un petit vieillard de taille en-
fantine, à genoux au milieu du chœur, agitait
désespérément une sonnette sans grelot et sans
voix, pendant qu'un prêtre, habillé de vieil or,
allait, venait devant l'autel, en récitant des orai-
sons dont on n'entendait pas un mot... Bien sûr
c'était dom Balaguère, en train de dire sa troisième messe basse.

TABLE DES CONTES

LISTE DES GRAVURES

———

Imprimé par D. Jouaust et J. Sigaux

POUR LA

BIBLIOTHÈQUE ARTISTIQUE MODERNE

ORNEMENTS PAR GIACOMELLI

M DCCC LXXXIII

BIBLIOTHÈQUE ARTISTIQUE MODERNE

Tirage in-8 écu sur vélin de Hollande à la forme, plus 25 exemplaires sur papier de Chine et 25 sur papier whatman.

Tirage en *grand papier*, in-8 raisin : 200 exemplaires sur vélin de Hollande à la forme, 20 sur papier de Chine fort, 20 sur papier whatman, 10 sur papier du Japon.

La *Bibliothèque Artistique moderne* comprendra, parmi les chefs-d'œuvre du conte, du roman et du théâtre modernes, ceux qui sont déjà dans le domaine public ou que nous pourrons nous faire autoriser à publier. Elle fera, pour les auteurs de notre siècle, ce que la *Petite Bibliothèque artistique* a fait pour ceux des siècles précédents.

Nous chercherons à justifier le nom d'artistique que nous donnons à cette collection, en demandant toujours aux premiers peintres et graveurs les planches qui accompagneront le texte.

En vente

CONTES DE A. DAUDET, avec sept eaux-fortes par E. Burnand. 1 volume in-8 écu sur vélin de Hollande. . . . . 3o fr.

LE ROI DES MONTAGNES, par Edmond About, avec sept dessins de Delort et un portrait, gravés par Mongin. 1 vol. in-8 écu, vélin de Hollande. . . 3o fr.

Sous presse ou en préparation : *Une Page d'amour*, de Zola, avec dessins de Dantan ; — *Théâtre d'Alfred de Musset*, avec dessins de Louis Leloir ; — *La Chartreuse de Parme* et *Le Rouge et le Noir*, de Stendhal ; — *Le Capitaine Fracasse* et *Nouvelles choisies*, de Th. Gautier ; — *Graziella* et *Jocelyn*, de Lamartine.

Décembre 1883.